書下ろし

淫奪

美脚諜報員 喜多川麻衣

沢里裕二

祥伝社文庫

目次

■総務省消防庁情報局（ファイアー・インテリジェンス・エージェンシー）

総務省消防庁情報局（通称FーA）は日本国における三大諜報《ちょうほう》機関―内閣情報調査室、警察庁公安部、防衛省情報部に続いて、四年前に開設された第四の諜報機関である。ただし先行する三機関とは異なり、その存在は公表されていない。

開設の発端は二〇〇四年施行の「国民保護法」施行である。同法は日本が他国やテロリストから武力攻撃を受けた場合、消防庁に国と地方公共団体の総合的な窓口になる役割を求めた。これは社会インフラの防衛や復旧に際し、日ごろから地域に密着している消防署が「民間防衛」の指揮を執《と》る、もっともふさわしい機関と考えたからである。

FーAはその防衛部分だけを先取りした機関である。局員は公務員法に基づかず、広く民間から人材を登用されたが、その活動は一切公表されていない。

現在、FーAは民間企業に偽装されている。

二〇一七年七月。彼らは首都防衛のため、生死を懸《か》けた戦いに挑み始めた。

第一ステージ　強奪

1

七月四日。午前九時三十分。博多《はかた》。

総務省消防庁情報局《FIA》の喜多川麻衣《きたがわまい》は、ベスパGT二五〇に跨《また》がったまま、歩道側から水野《みずの》銀行博多駅前支店の駐車場を見張っていた。ミニスカートから自慢の美脚が伸びていた。熱波に蒸《む》し上げられているせいで、駐車中の車がどれも歪《ゆが》んで見える。

突然耳殻の中に収めたイヤホンが振動し、声が聞こえてきた。

「鈴木《すずき》がたったいま現金を受け取りました。駐車場《Bステージ》まで、一分弱だと思います。トランクは二個……伴連れはないようです。ただし福岡県警の組対課《マルボウ》らしき男をふたり発見……」

上擦った声だった。

銀行内《Aステージ》で張り込み中の同僚浅田美穂《あさだみほ》からだった。美穂のほうがFIAでは先輩だが、四個下だからと言って、敬語を使ってくる。

麻衣はアクセルレバーを回転させて、ベスパを空吹かしさせ、いつでも飛び出せることを確認した。

鈴木有介《ゆうすけ》が借りたブルーのニッサンマーチは、駐車場中央〈七番〉の位置に停車している。麻衣はマーチを一瞥《いちべつ》した後、すぐにその隣〈八番〉に停車している白のエルグランドに視線を移した。

FIAのマトは鈴木ではない。あくまでもこのエルグランドだ。

麻衣はティアドロップ形のペンダントマイクを口元に運んだ。

「了解。エルグランドもエンジンをかけたまま鈴木が来るのを待ち構えているわ」

視線を離さず伝える。

エルグランドには運転席にひとり、後部座席にふたり乗っていた。あの中に工作員がいる。北朝鮮国籍を離脱した特殊工作員の李成日《リソンイル》だ。

「外の通りにも鈴木を行確《こうかく》中の組対《マルボウ》がいるみたいですが、どうしましょうか……」

美穂が小声で伝えてきた。想定内だ。通りの向こうにバイクに跨ったマルボウがふたり見える。

「それは、後方支援班《ロジスティック》に任せようよ。美穂は駐車場に出たら、鈴木を無視して、真っ直ぐこっちに歩いてきて。ベスパは準備完了よ」

追尾班《チェイサー》の麻衣と美穂をサポートするために、付近に十人の支援班を配しているが、どこに誰がいるのかは、麻衣たちにも知らされていない。

互いに目配せなどしないためだ。

「了解しました」

美穂が交信を切った。麻衣は緊張に両腕が粟立《あわだ》つのを感じた。

いよいよ事件が起きる。有事に発展する可能性のある事件となる。

銀行の裏口から駐車場に出てくるのは東京の上野《うえの》にある「西郷宝石《さいごうほうせき》」の営業部員鈴木有介だ。たったいま三億八千万円を引き下ろして、駐車場に向かってきているのだ。

金塊《きんかい》の裏取引のためだということは、ＦＩＡとしても把握《はあく》していた。

大型トランク二個ということは、おおよそ四億円。

弱冠二十九歳の営業部員に、それほどの大金をひとりで運ばせるというのは、世間の常識からかけ離れているようにも見えるが、正式な取引でも現金が原則の金塊ビジネスにおいては、日常的なことのようだ。

闇《やみ》取引となればなおさら、よく事情を知らない若者ひとりに運ばせたほうが、目立たずに済むという考えだろう。

鈴木は狙《ねら》われていることなど知る由もないだろう。

申し訳ないが助けるつもりは毛頭ない。

せいぜい命を奪われないことを祈る。

麻衣は深呼吸をして、スマホをタップした。ターゲットの顔をもう一度確認する。

すぐに李成日の画像が現れる。

マカオのグランド・リスボアのカジノで日本のヤクザと密談している際の顔写真だ。

麻衣がかつて所属していたイギリス情報部のマカオ支局からもたらされた顔写真だ。そもそもこの強奪計画を嗅《か》ぎつけたのは、イギリス情報部なのだ。

アジアの火薬庫北朝鮮に、アメリカが火を放とうとしていた。

トランプが、いつヒステリーを起こすのか？

北の三代目はどんなカウンターを打ってくるのか？

この「読めないデブふたり」の状況を探るために、世界各国の諜報部が躍起《やっき》になっている。

特にアメリカの盟友でありながら、今回の大統領にだけは手を焼くイギリスと、国際社会から影響力を行使しろと言われても、実はどうにもしようがない中国は、暴発が起こる前に、なんとか、食い止めようと、双方の動きを探っている。

そうした中、スパイが集《つど》う街マカオで、イギリスのエージェントが確度の高い情報をキャッチした。

『北はソウルと東京を内部爆破する工作に着手した。実行部隊はノースゼロだ』

マカオのカジノで投資家を装っていた諜報員デービスが、情報を仕入れてきた。

仕入れ先は、長年この街で美術商を営んでいる英国籍香港《ホンコン》人。もっとも美術商はカバーで、素顔は中国の諜報員だということをイギリス情報部は割り出している。

これは中国側のリークだった。

国家間では表向き争っていても、ケースバイケースで手を握ることは多い。互いにその活動内容を公表していない諜報部門では特にだ。

中国としては、いまは北の暴発を止めたい時期なのだ。アンダーパスで、情報をイギリスに流し、日本が対処することを望んだということだ。

リークの内容はアメリカが平壌《ピョンヤン》に打撃を与える前に、北は同盟国の首都のインフラを破壊して、力を削《そ》いでおくという工作だった。

背筋が凍《こお》るような話だ。

つまり宣戦布告なしに、北は先手を打とうしているのだ。

テロだ。北朝鮮籍を離れた人間たちを使い、ソウルと東京の首都機能を麻痺《まひ》させようとしているのだ。狙いは主要道路や首都圏と都心を繋《つな》ぐ橋の破壊。また電力会社やガス会社、さらには水道局を奇襲するというものだ。

そうなれば、どちらの都市も完全にパニックに陥《おちい》り、その間隙《かんげき》をついて、北は宣戦布告をしてくるであろう。

アメリカと北が、互いの武力を見せつけ合うチキンレースは最終局面を迎えている。

刈り上げ頭のデブがミサイルを飛ばし、金髪のデブが空母カール・ビンソンから戦闘機を飛ばし、第三次世界大戦の幕開けとなるのだ。

なんとなくやっちゃった、ですむ話ではない。戦争はだいたいなんとなく始まるものだそうだ。デービスの分析は正しいようだ。

『むしろ北の工作機関が腹を括《くく》ったようだ。刈り上げ頭のデブはもう誰にも止められない。そのまえに一定のアドバンテージを得るために、ソウルと東京にダメージを与えて、反撃力を削ぐというものだ。まずは工作活動のための資金を現地で調達する。アメリカ独立記念日に狙う。博多だ』

そう言って、乗り込んでくる工作員の顔写真を添付してくれたのだ。

その後の調査で、北の工作員が日本のヤクザが金塊密輸をしている情報に基づいて動いていることを摑《つか》んだ。

あの街では、諜報員だけでなく、各国のマフィアが、国家の主義主張とは別に、仲良く取引をしている。その情報も諜報員にとっては重要なソースとなる。

北の工作員がマカオを出発した情報に基づいて、ＦＩＡはマトを絞り込んだ。それが今日この場所での現金強奪だった。

エルグランドは前向きに停車していた。

運転席の男は雑誌を読むふりをして顔を隠している。防犯カメラを意識しているのだ。おそらくこの男が車から降りることはない。

李と思われる男は運転席の真後ろにいた。顔は見えづらい。その横の扉側に金髪の若者がいた。この若者だけが派手な服装で、やけに目立つ。

銀行の裏口から、鈴木が出てきた。大型トランク二個を引いている。鈴木は端整《たんせい》な顔の持ち主だ。その顔が二十秒後には歪《ゆが》むだろう。

鈴木は被害者になるが、被害届は出さないはずだ。そもそも金塊の不正取引のための資金だからだ。それはそれでヤクザが絡《から》む話だ。奪われた鈴木が簡単に口を割ることはない。それがテロリストたちの付け目になっている。

鈴木は足早に七番の位置に停められたマーチに向かった。

続いて美穂が現れた。

何食わぬ顔で、駐車場出口の方へ歩いてくる。軽くアイコンタクトを交わした。

エルグランドはトランクを奪ったら、すぐに、発進できる状態をキープしている。

コインパーキングではないので、料金を支払う必要ない。一気に通りに飛び出してくるはずだ。

麻衣はヘルメットを被《かぶ》り、軽く肩を回した。

知らず知らずの間に、全身が硬くなっている。リズムを取るように体を揺らし、緊張感をほぐした。ミニスカートから伸びた右脚の感覚も確認した。地面にローファーの爪先《つまさき》を付け足首を軽く回す。

いい感触だった。

これならいつでも地面を蹴《け》って発進できる。

駐車場を横切ってきた美穂もベスパに跨った。

麻衣と同じぐらい短いミニスカのくせに、両腿をガバリと開いて、キーを回転させている。この女の相棒が男だったら、さぞかし気が散ることだろう。

ちらりと見えた美穂のショーツはシャンパンピンクだった。エロい。捜査中に穿《は》く色じゃない。ちなみに自分は白だ。

麻衣はもう一度アイドリングした。美穂も負けずに吹かしてくる。

博多の強い日差しの中、二台のベスパGT二五〇が、心地よい唸《うな》りを上げた。

麻衣のベスパはモンテホワイト。美穂のほうはドロミテグレーだ。どちらもローマの街路を走るお洒落《しやれ》スクーターに見えるが、馬力も速度もアップさせた特殊仕様にしていた。

映画『ローマの休日』のファンであるＦＩＡ局長が開発させた追跡用スクーターだ。

鈴木がマーチの前に着いた。

トランクを置いたまま、ポケットからキーを取り出そうとしている。この季節はポケットの中も湿りがちだ。なかなか出てこない。

麻衣は祈った。

お願い、早く、そのトランクを奪ってしまって。

金塊の裏取引事案を追う福岡県警には悪いが、麻衣たちの任務は奪った現金がどこの誰に運ばれるかを確認することにある。

つまり金が奪われないことには、始まらない。

奪われた金が首都破壊工作の資金になるという情報に基づいて、張り込みを開始しているのだ。破壊計画そのものを阻止《そし》するためには、まずはノースゼロの日本国内の本拠地と指示系統を調べ上げることだった。

追跡しやすいスクーターを用意したのはそのためだった。

鈴木がようやくマーチの鍵を取り出した。開錠《かいじょう》するためにプッシュしている。十メートル離れた麻衣の元にカチャリという音が聞こえてきた。

鈴木は助手席側の扉を開けた。トランクを詰め込もうと背中を丸めた。

次の瞬間、エルグランドのスライド式の後部扉が開いた。金髪男が飛び出してくる。

麻衣はベスパのノブを軽く回して空吹かしさせ、いつでも飛び出せることを確認した。

金髪男が奇声を上げて、鈴木の背後に回り込んだ。状況を把握していない鈴木は鷹揚《おうよう》にトランクを持ち上げている。

鈴木の背後から、金髪男の両手が伸びる。目隠しをするような手つきだ。

「うっ」

鈴木が呻《うめ》いた。トランクを手放し路上にしゃがみこむ。目を覆《おお》っている。

VXガスまでは使うまい。おそらくタバスコのような唐辛子系液体だ。

もうひとりの男が飛び降りてきた。サングラスをしていた。

細身の体をレザーの上下に包んでいるが、体型と顔の輪郭《りんかく》を見る限り、李成日と特定出来る。

李が鈴木の背中を革靴の爪先で蹴った。

「くわっ」

鈴木はコンクリートに突っ伏した。額が割れた。血飛沫《ちしぶき》があがっている。

麻衣と美穂はスクーターの前輪を車道へと向け、追撃への準備を整えた。首から上だけを曲げて現金強奪の瞬間を見守った。

車道の反対側から、大型バイクが空吹かしする音が二度、三度と聞こえてきた。その方向を見やると、二台いる。鈴木の行確をしている県警の組対刑事《マルボウデカ》たちだ。

フルフェースのヘルメットを被っているので、表情は読み取れないが、状況の変化に、さぞかし戸惑っていることだろう。

ここで飛び出せば、彼らもまた金塊の闇取引の現場への釣り糸を切ってしまうことになる。

強盗は捜査一課強行犯係の管轄だ。

組対としては横取りする手もあるが、自分たちの面が割れるのも怖れているに違いない。

お願い、出てこないで。

いま目の前で起こっていることは、国家的有事勃発《ぼっぱつ》の前段階なのだ。

私たちに任せて欲しい……。

麻衣は県警が飛び出さずにいてくれることを願いつつ、事態を見守った。

そこに予想外の事態が起こった。

駐車場の一番奥、十五番の位置に停車していた黒のアルファードが、のっそりと出てきたのだ。

なんだ？

一般人？

ノースゼロの第二班？

金塊取引のヤクザ？

瞬間的に麻衣は混乱した。

一般人が巻き込まれた場合だけは、後方支援班が救援に出てくることになっていた。その場合、麻衣たちは李だけを追う。

Bプランはそうなっている。

ところが、事態はさらに違う転がり方をした。

黒のアルファードは、マーチとエルグランドの行く手を塞《ふさ》ぐような形で停車した。

麻衣たちの位置からは、視線が遮断される。

麻衣と美穂はあわてて様子が見える位置へ移動した。

アルファードの中から、フルフェースのヘルメットを被った男がふたり降りてくる。スプレー缶を持っていた。市販の殺虫剤だ。

ヘルメット男は金髪男の顔に向けて殺虫剤を噴射させた。

「あぁあああっ、てめぇ、何をする」

叫んだ口の中にさらに噴射した。

「うわぁあああああ」

金髪男は目を瞑《つむ》ったまま、喉《のど》を掻《か》きむしり、地べたに両膝《ひざ》を突いた。

もうひとりのヘルメット男も李に殺虫剤を向けて襲いかかっていた。

李がトランクの把手《とって》を掴んでエルグランドの中に逃げ込もうとした瞬間だった。殺虫剤のノズルを顎《あご》のあたりに上向かせ、鼻腔《びこう》とサングラスの内側に噴射した。

「うわっ」

ノースゼロの工作員が叫喚《きょうかん》した。

すぐにサングラスを路面にたたきつけ、指で目頭を押さえた。明らかになった顔は李成日その者だった。

ヘルメット男たちは、それぞれトランクをひとつずつ引きながら、アルファードに乗り込み始めた。

強奪のまた横取りである。

麻衣も逡巡《しゅんじゅん》した。相手がヤクザなら、こんどはこちらが引く番だ。

金髪男は地面でのたうち回っていたが、李はさすがに、眼を覆いながらも、ヘルメット男に向かって、足蹴りを繰《く》り出していた。

後から乗りこもうとしたヘルメット男の背中にブーツの爪先がめり込んだ。

「はっ……うぅぅうう」

訓練されたテロリストの一撃は、重く鋭い。

蹴られた男が息を詰まらせた。

そのとき、アルファードの扉から、トランクが放り投げられた。二個投げ出されてくる。

麻衣は見ていた。この男たちは、鈴木が持っていたトランクとまったく同じものをはなから積み込んできていたのだ。

ひとつが地面に落ちた。ちょうど鈴木が倒れているあたりだった。

「何をする。取引の前に強奪かよ」

鈴木はバッグにしがみついた。

唐辛子ソースを被った顔は真っ赤に腫《は》れあがっていた。

鈴木にはこの間一分ぐらいのことが見えていない。入れ替わったトランクを自分のものだと勘違いしている。

殺虫剤を浴びた李にも、トランクの入れ替わりがよく見えていない。

ふたりの奪い合いになった。

トランクの留め金が押され、口がわずかに開いた。中から一万円札が数枚飛び出してくる。風に舞ってひらひらと飛んでいく。

えっ？

驚いたのは麻衣も同じだ。こっちにも現金が詰まっているということ？

これは現金の交換か。

奪い合いは当然ながら李が制した。

鈴木の手の甲を踏み潰《つぶ》し、鈴木の手から離れたトランクの把手を鷲掴《わしづか》み、エルグランドの中に押し込んでいく。

何がなんだかさっぱりわからない光景だった。

黒のアルファードが先に動き出した。鈴木が引き出してきた現金の入ったトランクはこちらに積まれているはずだ。

しかし、李にも現金が渡っている。

これ自体がトラップであることも考えられた。

「私はもともとのトランクを追う」

麻衣はペンダントマイクにそう叫び、モンテホワイトのベスパを発進させた。

車道にいた県警組対課の刑事の乗る大型バイクの一台が同時に発進した。県警も二手に割ったようだ。

ベスパを簡単に追い越していく。

だが、バイクは麻衣の目の前で失速した。ストンという感じだった。

歩道で数人の男女がその様子を観察しているのが見えた。間違いなくＦＩＡの後方支援班《ロジスティック》だ。刑事たちが銀行に入っている間に、ガソリンを抜いてしまったのだろう。優秀助演賞ものの仕事だ。

白のエルグランドも駐車場から出てきた。アルファードとは逆の方向へと向かっている。

ちっ。これはやはりダブルトラップかもしれない。

エルグランドのほうはドロミテグレーのベスパに乗った美穂が追う。同じく追い始めた大型バイクはやはりエンストを起こしている。

今回の後方支援は完璧だ。

組対刑事の乗るバイクは止まったが、バックミラーにエルグランドを走って追いかける鈴木の後ろ姿が映った。根性のある若者だ。

スマホを片手に叫んでいる。

「強盗、強盗です。ナンバーは××××」

鈴木が喚《わめ》きたてた。これも想定外だった。

この男、取引の真相なんてまるで知らないらしい。

これは超面倒くさいことになりそうだ。

黒のアルファードは、九州自動車道で筑紫野《ちくしの》方面へと向かった。麻衣は必死で追った。改造したベスパは時速百八十キロまで上げることが出来る。追跡は可能だ。

ところが高速に上がるのと同時に、二十台ほどの単車が現れた。平日の午前中には珍しい暴走族だ。暴走族はアルファードの背後に付くなり車線全体に広がってローリングを始めた。

後続車が遮断される。

アルファードはどんどん先に向かった。

麻衣は族の単車を掻《か》い潜《くぐ》ろうとした。

「うっ」

右から下品に改造したヤマハXJR一三〇〇が近づいてきた。ふたり乗りだった。後部シートに乗った男がウエスタンブーツの爪先でベスパの前輪を蹴ろうとした。

麻衣は急減速し、身体を右に倒した。ヤマハの背後にピタリと尾《つ》いた。戦闘機の空中戦のような気分だ。ヤマハXJR一三〇〇のナンバープレートにベスパの前輪カバーを押し付ける。金属の擦《こす》れる甲高《かんだか》い音がした。

ヤマハXJR一三〇〇が前のめった。

麻衣はアクセルを全開にしてヤマハの右手後方に出た。ヤマハは、オカマを掘られた衝撃でふらついていた。麻衣はとどめを刺しに出た。左脚を横に思い切り伸ばす。

ヤマハXJR一三〇〇の燃料タンクに爪先が届いた。

股間《こかん》全開蹴り。女の割れ目に突風が当たる。気にしない。

「うわっ」

ヤマハXJR一三〇〇が横転した。数台のバイクが巻き込まれた。ちょっとした惨事だ。

周囲を取り囲まれた。パッと見五台。どのバイクもふたり乗りで、後部席の人間が背中に背負っていた鉄パイプを抜いて、襲いかかってきた。

超面倒くさいという思いと、こいつらはテロリストではないという確信が同時に湧《わ》いてきた。

ポケットからスプレー缶を取り出した。シェービングクリーム。父の愛用品だ。

襲ってくる人間のヘルメットのフードめがけてスプレーした。左右双方のバイクに吹きかける。

「うわぁああ、見えねえっ」

急ブレーキが踏まれ、左右のバイクがウイリーする。突如暴れだした競争馬の様子に似ている。次の瞬間、二台のバイクは横倒しになり、高速道路の車線を横断するように、滑《かっ》走《そう》した。今度は滑り込みをする野球選手のような格好だ。

車線上はめちゃめちゃな状態になった。

後方からけたたましいサイレンの音がする。

黒のアルファードは、すでに見えなくなっている。

ここまでだ。

アルファードのナンバーは確認した。あとは本部に連絡して、Nシステムで捜し出してもらう以外、方法はなそうだ。

麻衣は深追いを避けて、最寄りの出口から降りた。どのみち彼らはターゲットではない。単純な強盗事件だ。福岡県警の奮闘を祈る。

一般道に戻ったところで美穂にペンダントマイクで連絡をした。

「こっちは逃げられた。でもあれはただの強盗犯よ。現金はテロリストには渡らなかったというわけだけど。おかげで糸が切れたわ。李は？」

せめて李の消息に関する手掛かりの端緒でも摑めれば、二の手が打てるのだが。

「私も失敗です。鈴木が、喚きながら追ったので、すぐにパトカーやら野次馬がやって来て、あたりが大混乱になってしまいました。私もパトカーの停止命令を受けて、追跡はそこまででした」

「じゃあ、李たちは警察に捕まってしまったのかしら？」

それが最悪の事態だ。

李は絶対に口を割らない。強盗犯として服役の道を選ぶに違いない。テロリストを強盗犯として服役させることは日本刑務所の弱点を調査させるようなものだ。

さらには李に服役中のヤクザや知能犯が刑務所の中で洗脳される恐れもあった。

たったひとりの諜報員のデマゴーグで現状不満組織が生まれ、一国の政府を転覆された例は幾つもある。

それが諜報員の能力というものだ。

いま日本はそうした人間たちを、法の埒外《らちがい》で始末する必要に迫られていた。

今回のＦＩＡのミッションは、まさにそれにあたる。

「いいえ、エルグランドは逃げ切ったみたいです。防犯カメラの少ない住宅街に逃げ込んだので、経路は不明ですが、忽然《こつぜん》と消えたようです。幹線道路にはまったく姿を現してきません。県警は大騒ぎよ」

自分たちも福岡県警もまんまとやられた。

「手がかりは駐車場に残された金髪頭の男だけです。あの男だけは逮捕されました」

おそらく、それは捨《す》て駒《ごま》要員だろう。そいつからは何も出ない。

「金髪男が、どうして李の駒になったのか、明日の新聞でも読むしかないわね」

「テレビのドッキリ番組に出演して欲しいと誘われた……とか言うんじゃないでしょうか」

「企画の使いまわしかなぁ……でもありよね、それ」

犯罪の企画というのには、トレンドがある。

そうそう新手の犯罪企画がいくつも浮かぶものではない。

同時期に立てた企画は、どうしても似てくるものなのだそうだ。祖父である局長の持論だ。ただし、同じ企画内容でも演出を変えると、違った効果があるらしい。

映画やドラマ作りと、犯罪も似ているのだそうだ。

とにかく今日は失敗に終わった。

失敗は失敗だが、李が逃げ延びたということは、ふたたびアクションを起こしてくるだろう。すぐに東京に戻り、立て直しの会議だ。

ノースゼロは焦っている。

アメリカの武力行使の前に、必ずソウルと東京に首都破壊工作を仕掛けてくるはずだ。

2

午前九時四十分。博多。

白のエルグランドは、防犯カメラの死角になっている住宅街を走り抜け、門司《もじ》にたどり着いたところで、大型トレーラーの腹の中に潜り込んだ。

親亀の背中に乗るのではなく、腹に入った子亀という感じだった。

これでエルグランドは消息を絶ったことになるだろう。人目に入っていたのは十分だけだった。

「確実な逃走ルートを確保していてくれたことに感謝する」

エルグランドの運転席から降りてきた男に対して感謝した。この男の暗号名はヘブンである。

「あぁ、あんたほどの優秀な工作員を無駄死にさせなくてよかった」

ヘブンは五年前から日本に潜伏している同志だ。お互いノースゼロのメンバーだが会うのは、これが初めてだった。五歳下の三十二歳だ。

「どうせ死ぬなら、サンフランシスコベイブリッジか東京のレインボーブリッジを破壊できるぐらいの自爆を遂《と》げたいものだ……」

李は見事な空振りに唇を嚙《か》んだ。

博多での現金強奪工作は大失敗だった。

大型トレーラーの中に潜り込み、トランクを開けると中身は新聞紙の束であった。表面にだけ、一万円札が張り付けられているという古典的な手法であった。

みすみすこんな手に引っ掛かった自分が情けない。

裏を返せば、割って入ってきた男たちは、単純な強盗団だということだ。

むしろ巻き込まれなかったことを幸いとしたほうがよかったかもしれない。日本の刑務所に入って、支援者を増やすという工作活動もあるが、現状では時間が足りなさすぎる。

トランプはいままでの米国の大統領と違う。自分たちの祖国の将軍様と似ている。それだけに李は危機が増していることを感じていた。

もはや度の越えたチキンレースになっている。双方の指導者は政治家として経験が浅く感情的だ。

どちらが、いつ暴発してもおかしくない。

ノースゼロとしては予定より三年も早く東京の破壊工作を開始する必要に迫られていた。

「お互い、ノースゼロのメンバーでよかったですね」

ヘブンが安堵《あんど》の笑顔を見せた。

「まったくだ。本国の情報部にいたら、この一発で粛清されてしまう。自分たちだけならまだしも、直属の上司も危ない」

李は背筋を伸ばした。われわれの祖国とは、そういう体制の国なのである。

そうしなければ常にその上にいる立場の人間が危うくなる。

誰もが将軍様に忠誠を誓う。言葉ではなく態度で示そうとする。時によっては、その権力抗争や責任論から、有能な兵士を失うことになる。

特に諜報活動や破壊・略奪工作に失敗はつきものである。

そのたびに、長い年月と膨大《ぼうだい》な費用を掛けて育成したプロフェッショナルたちを粛清してしまったのでは、むしろ国益に反するというものだ。

そこで現在の委員長の亡父にあたる元総書記が、本国における権力序列とはまったく無関係な諜報破壊工作部門を作り上げたのだ。

本国とは切り離した、永久国外駐留工作員の組織だ。

それがノースゼロである。

ノースゼロは平壌の権力序列や原理主義から切り離された、完全に独立した部門である。

現政権においても、それは機能している。

なぜ機能しているのか……本国に戻ることのない人間たちを動かしていることと、途方もない外貨を送金しているからだ。

本部はマカオにある。李は幹部だが、それでも最高司令官が誰であるのかは知らない。平壌のどこの部門と繋がっているのかも知らされてはいない。

ノースゼロは二種類のタイプの工作員で構成されている。

ひとつは本国で幼少期よりノースゼロのメンバーになるべく教育を受けた人間たち……

李やヘブンのようなタイプだ。

派遣された段階で国籍は失い、祖国に戻ることはない。李はポルトガル系中国人として生きている。

ただし家族は平壌から出ることは許されない。海外で活動を続ける限り、家族は特権階級の一員として生きていられるというシステムだ。

社会主義国とはいえ、儒教の遺伝子を持つ国民性だ。家族の命は自分の命である。

もうひとつのタイプは、世界各国で生まれ育った在外工作員たちである。

いわばその国に根付いた工作員たちで、必ずしも祖国にルーツを持つ者とは限らない。

自国の政治体制に不満を持っている者たちで、ノースゼロを支援しつつ自国の体制変革を願っている。

ノースゼロは彼らを草木《スリーパー》と呼んでいる。

今回、李やヘブンが日本国内で仕事をするうえでも、国内の有力スリーパーの協力を得ている。

本日三億八千万円の取引があるという情報は、そのスリーパーからもたらされていた。

「われわれは総連の指揮下にもないので、やり直しができる。ゼロディに対する資金手当ては、私が東京に戻りしだいすぐにどうにかします。あんたは早くマカオに戻って、トータルプランの立て直しをしてください」

ヘブンが心強いことを言ってくれる。

「三億八千万円の穴埋めを押し付けて申し訳ないな」

「大丈夫です。次のターゲットの目星はすでにゴールドから連絡が入っています」

ゴールドとは東京に根を張るスリーパーだ。

「では、このトレーラーの運搬ごと頼む」

李は腕時計を見た。九時五十分。博多から広島までは二百七十六キロである。おおむね三時間三十分。午後一時過ぎには広島空港に到着できる計算だった。

フライトタイムは十四時四十分。

この国の人々が午後のワイドショーで強盗事件のことを知ったときには、自分は空の上にいることになる。本来は強奪に成功したうえでの出発であったが致しかたない。

ヘブンだけが運転席に回った。高速道路のNシステムに顔写真を残さないために李は荷台に残った。

暗闇の中にひとり残り、自分なりにこの落とし前はつけなくてはならないと覚悟をあらたにした。

マカオ、マニラ、シンガポールのカジノで一気に資金調達を計る。

3

午前十一時。北九州市。小倉《こくら》マウンテンゴルフ倶楽部、クラブハウス。

アウトコースから上がってきた須藤辰雄《すどうたつお》は、洗面室で顔を洗った。

先月で六十四歳になった。老人斑《ろうじんはん》が顔のあちこちに浮いていたが、ゴルフはやめられない趣味であり唯一の肥満対策だ。

洗いたての顔に持参の日焼け止めクリームを塗り直した。

午前中のスコアは四十八。目標より三オーバーであった。

おかげで午後は四十一以下で回らなければ目標値に届かない。

かなり高いハードルになってしまったが、何としてでも、九十を切って上がりたい。今年はまだ一度も切っていないのだ。

仕事もゴルフも目標を達成出来なければ、逆にストレスが溜《た》まるだけだ。

須藤はレストラン内を横切り、奥のテーブルに向かった。

全面ガラス張りのレストランだった。

右手に十八番ホールのグリーンが見える。人影はなかった。回転式のスプリンクラーが芝生に水をやっている。

一番奥のテーブルに取引相手である西郷宝石の社長松村勝彦《まつむらかつひこ》が座っていた。五十歳。上野でさほど大きくない貴金属店を経営している男だ。テーブル席からは駐車場が見えた。

松村はやけに背中を丸めて座っていた。悪い予感がした。

「そっちの車はどれだ?」

席に着くなり、須藤は駐車場の方向を眺めた。ブルーのマーチと聞かされていた。見当たらなかった。

「それが……事件が起こりまして」

松村が唇を震わせている。

須藤は自分の背筋に冷たい汗が流れるのを感じた。それを悟られないように、努めて冷静な口調で言った。

「こっちのブツは、もうそこに届いちまっているんだぜ」

駐車場の方向に顎をしゃくって見せた。

レストランのガラス窓に最も近い位置に、シルバーメタリックのボルボステーションワゴンが停まっていた。

「あの車のトランクにキャディバッグが二個積んである。わかるな……すべて予定通りだ」

　須藤はボルボの鍵をテーブルの上に載せた。

「そっちの車のキーは」

　松村の言い訳など聞く気はなかった。こうした取引はすべて予定通りでなくてはならない。須藤の座右の銘は「予定通り」だ。

「強奪されたんです。完全に狙い打ちされました」

「何分前のことだ？」

「私が知ったのは一時間前のことです」

「だったら、もう手当はつけているんだろうな？」

　表情ひとつ変えずに言った。強盗されようが、運び屋が殺されようが、自分には関係のないことだ。

「大事なのは理由じゃねぇ。結果だ」

　言いながら片手を上げた。真夏なのにタキシードを着たレストラン主任が飛んできた。二人分のビールと鰹《かつお》のタタキを注文する。

「いま、ようやく現地調達したところです。地元業者経由で、とりあえずこっちの街金《まちきん》で時借《ときが》りしました。現金《タマ》はいま、こっちに向かっています。車もブルーのマーチでやって来てくれますが、あと一時間はかかります……」

松村が早口で言った。この男もまだ死にたくはないようだ。

「ということは、単純な遅刻ということで、いいのかね」

「はい……おかげで、こっちはダブル出金のうえに、でかい利息の上乗せですよ」

消え入りそうな声だった。トータル八億ほどの損害だが、死ぬよりましだろう。八十億の裏取引をすれば、おおむね取り返すことが出来る。

「なら、俺もプレイは中止してここで待つしかないな」

ビールと鰹のタタキが届いた。主任が自ら運んできている。

須藤はその主任に伝えた。

「悪いが、俺は午後のプレイは降りる。あそこの席にいる同伴の三人にそう伝えてくれ。先に風呂に入って待っていると」

五メートルほど離れたテーブルに、ゴルフ仲間たちが座っている。

博多の風俗出版社「中洲《なかす》新報社」の社主傍見文昭《かたみふみあき》とソープ経営者山下順二《やましたじゅんじ》。それに長崎の中華店の二代目江泰源《こうたいげん》だ。いずれも同じ歳だ。

主任が頷《うなず》いて、ジョッキを傾け合っている三人のほうに歩いていった。

九十を切るのはお預けになった。

だが、金が来るだけでもまだいい。来なければ三十年掛けて積み上げた信用も五秒で消えるのがヤクザとの関係だ。

「ボルボの真向かいを見ろ」

須藤は松村に伝えた。松村が静かに駐車場のほうへ振り返った。

良く見える位置に黒色のレクサスが二台停まっている。どちらもセダンタイプだ。

こちらからよく見えるということは、車の中からも、須藤と松村の様子がよく見えるということだ。

それぞれのレクサスに、ふたりの男が乗っていた。男たちはひとめで別な社会の人間だとわかる人相をしていた。

「俺が奴らに、金を積んだ車の鍵を届けるまで、ボルボは動かせない。わかるな……俺はあくまで、仲介業者なんだ」

須藤は横浜で「ベイスター商会」という名の商社を営んでいる。雑貨や食品の輸入が中心だ。

だが、それは表の顔だ。貿易商を隠れ蓑《みの》に須藤は裏社会と表社会の取次ぎを稼業としている。

前身は戦後まもなく父親が興《おこ》した須藤総業という。米軍払い下げ品を闇市で売ってひと財産を築いた。

払い下げの商品の中には拳銃もあった。父親はこれをしばらく隠匿《いんとく》した。暴力団の抗争が激化していた昭和三十年代、需要がピークに達した拳銃を一挙に販売して、須藤総業はさらに財産を増やした。

父親は晩年、キャバレーの女たちに「俺は武器商人だった」と嘯《うそぶ》いている。間違いではない。

須藤が家業を引き継いでからは「表裏仲介業《ひょうりちゅうかいぎょう》」に徹している。堅気《かたぎ》とヤクザが接触しづらい世の中になったからだ。

いまではヤクザにものを売っただけで摘発される時代だ。

堅気のほうにも悪のニーズはある。まっとうに商売しているだけでは生き残れないこともある。

ヤクザも闇ルートで仕入れた物品の卸《おろ》し先に困っている。なにせ、友達を作っただけでもその相手は「常習接触者」と見なされるのだ。

資本主義経済は需要と供給で成立する。

近年、表裏の間で、金塊の取引が急上昇していた。北朝鮮有事に備えて、富裕層が現金よりも金を備蓄したがりだしたからだ。

金の価値は全世界で定まっている。ドルや円が崩壊しても、金ならば、どんな世になろうが等価交換可能と考えるのはしごくまっとうな発想だ。

もうひとつヤクザが目をつける要素があった。

金に消費税を掛けるのは日本ぐらいのものなのだ。密輸すればそれだけで八パーセントの鞘《さや》が抜ける。そして密輸はヤクザの通常業務と言えた。

博多港に入ってくるクルーズ船がもっとも入管審査が緩《ゆる》いとされている。上海《シャンハイ》から済《チェ》州《ジュ》島を経由してやってる爆買いツアーに紛《まぎ》れやってくる密輸団から、博多のヤクザが仕入れている。商談はほとんどマカオのカジノで行われているのだ。

中国マフィアにとって、博多はいまやゴールドポートと呼ばれている。

一方、堅気の貴金属商にとっても、通常より三パーセント廉価《れんか》なだけでも美味《おい》しい仕入れとなる。

一億で三百万の純利が生まれるのだ。

そこで一パーセントの仲介料で、双方の間に入る須藤のような人間が重宝されることになった。

ヤクザとの接触自体が法に触れるという昨今、堅気にとっても須藤あたりまでが、どうにか灰色のゾーンなのだ。

ただし、須藤も仲介業者でしかない。一歩間違えば、自分が尻拭《しりぬぐ》いをさせられる。目の前の松村にもしっかりと恐怖感を再確認させる必要があった。

「まぁ、それにしても、松村、咄嗟《とっさ》に金を再度用意させたのは、いい根性している」

「まだ東京湾に浮かびたくないですから……」

松村もようやくジョッキのビールを飲んだ。

「最近は東京湾には沈めないいんだ。あの辺りじゃ浮かぶのが早いらしい」

「では、どこらへんに沈めることになるんでしょう」

松村が聞いて来た。堅気ほど、そういう映画的なことに興味を持つ。

基本沈めない。燃やすのがプロだ。ここは暇潰《ひまつぶ》しに脅かすことにした。ビールはキンキンに冷えていた。

「アリューシャン列島だ」

須藤は適当なことを言った。

「コンクリートに詰めて、そんなところまで持って行くんですか」

松村が身震いして見せた。最近はコンクリートにも詰めない。それは三十年前までの手法だ。

「ばーか。あんな氷点貯蔵のようなところに死体捨てて、どうする。腐らずにアラスカやカムチャツカに漂泊しちまうじゃねぇか」

「で、ですよね」

と松村。早く金が来ないと間が持たないという顔をしている。

「本当のところはな、マグロ漁船に積んでインド洋とかケープタウン沖に投げ込むというのが、最近の流行《はや》りだ」

誰がそんなややこしいことをする。実際は南シナ海に捨てる。中国のつくった人工島に、腐乱死体がたどり着くように捨てるのが極道の腕の見せ所だ。一応、国の方針に従っている。

そこに新しいビールが届いた。松村が無言で飲んだ。逃げる気はないらしい。

「結局、九十キロに七億六千万使うことになりました……命あっての商売ですが、さすがに痛いですよ……盗ったのどこのどいつなんでしょう」

ジョッキの中身を半分ほど開けて、松村がうなだれた。欲を掻いたのだから、この男は仕方がない。

しかし、金を引き下ろす情報が筒抜けになっていたのは腑《ふ》に落ちない。

誰がやった？

須藤は駐車場を見やりながら、奪った連中のことを考えた。想像できるのは半グレか、もうひとつ……

「北の工作員……」

思わず口から出てしまった。

「まさかぁ……映画じゃあるまいし。須藤さん、私も商人《あきんど》だ。金の手当てはちゃんとしているんですから、少しは同情してくださいよ」

松村が腕の時計を見ながら言っている。あと四十分ぐらいで到着するらしい。

「わかった。今回信用を落とさなかったら、大口取引の口を利《き》いてやる。せいぜい百億ぐらいの現金を用意しておくことだな」

須藤は松村を宥《なだ》めた。

北の工作員。冗談で言ったわけではない。須藤が仲介している「表裏《ひょうり》の裏側《うらがわ》」はヤクザばかりではない。工作員。大事な顧客だ。

須藤は別テーブルにいる中洲新報社の傍見を呼んだ。担々麵《たんたんめん》を箸《はし》で掬《すく》っていた傍見だったが、すぐにやって来た。

「須藤、面倒なことでも起こっているのか」

仲間の三人は須藤のビジネスを知っている。今日の取引のこともだ。

「いいや、本題は大丈夫だ。それより、九州新聞で、ちょっと調べてくれないか」

中洲新報社は風俗情報誌を刊行している出版社だが、地元有力紙である九州新聞の社会部にも通じていた。

風俗界の裏の裏にまで精通している傍見は、社会部の重要な情報源となっている。同時に警察《さっ》担《たん》当記者のいる社会部から、傍見は生活安全課のガサ入れ情報を得て、店に流してやっている。

どの業界にも裏の繋がりはあるのだ。

4

午後二時。熊本。

黒のアルファードは利益町《としますまち》に建つ邸宅の駐車場に滑り込んだ。

畑作地帯に聳《そび》えるその邸宅は、界隈《かいわい》の人々からは桃色御殿《ピンクパレス》などと揶揄《やゆ》されている。壁の色がピンクだからではない。外壁は茶色の煉瓦《れんが》造りだ。それにも拘《かか》わらず桃色御殿と呼ばれているのは、この家の主《あるじ》が美貌の持ち主であり、常日頃からさまざまな男たちが出入りをしているのを目撃されているからだ。

半グレ集団「天神連合《てんじんれんごう》」のサブリーダー綾野友則《あやのとものり》はアルファードの後部座席から、二個のトランクを降ろし、強奪してきたばかりの現金を、桃色御殿の邸内へと運んだ。

一気に熊本に逃げ帰ったのは正解だった。予想外の展開で、パトカーが現場にいたエルグランドを追ってくれたのも、綾野たちにとっては、とてつもない幸運であった。

いずれ自分たちのアルファードのことが浮上するにしても、そうとう時間が稼げることになる。

アルファードの存在に気付いた警察は、高速道路のＮシステムから熊本方面に向かったことを割り出すことだろう。だが一般道に降りてからのアルファードがどこに向かったか探すことは出来ないはずだ。

二〇一六年四月に起こった地震で街のあちこちにあった防犯カメラが無力化しているのだ。最近の犯罪捜査には、民間の設置した防犯カメラが、大きな威力を発揮している。しかしこの機能が崩れたとき、意外なほどに追跡は困難になる。警察は民間の防犯カメラをあてにし過ぎている。

このアルファードはそもそも、犯行四時間前に久留米《くるめ》で盗んだものだ。今夜中に、仲間の工場で解体してしまえば、捜査は行き詰まる。

それにしても白のエルグランドは何者だったのだ？　そして奴らは、もう捕まったのだろうか？

綾野は、手下のふたりと共に、二階のリビングまで、トランクを運び上げた。

桃色御殿の女主人は、ソファに座ったままだった。扉側に背を向けている。綾野は部下のふたりを階下の待機部屋に行くように命じた。女主人は限られた人間以外に顔を見せたがらないからだ。ふたりが降りたのを確認して、綾野はローテーブルの反対側にまわった。女と対面する形になった。ソファに座ったままの女が見上げてくる。艶《つや》やかな瞳だ。

綾野は現在、この女とその店の用心棒を務めている。ひょんなことからそうなった。男女の関係も持っている。

「まさか、これほどあっさり成功するとは思っていなかったわ……トモ君、開けてみて」

女は美貌の持ち主だが、いまはその顔が綻《ほころ》んでいる。

綾野は幾何学《きかがく》模様のラグの上にトランクを並べ、両方一緒にロックを外した。ばちんっと発条《ばね》が上がる音がして、蓋《ふた》が上がった。

一万円札の束が縦横に整列していた。念のため、五束ほど抜いてみる。札束は底まで敷き詰められていた。

「これで当面凌《しの》げるわ」

女が舌舐めずりした。杉本《すぎもと》淳子《じゅんこ》と名乗っている。三十六歳。綾野より五歳上。この強奪の首謀者だ。

杉本淳子は中洲でハプニングバーを経営していた。

店名は「パイプライン」。

綾野が店名の由来を知ったのは、用心棒兼バーテンダーとして店に潜り込んで半年ほどたってからだ。

普通にやって来る客たちは、パイプラインを「男女をつなぐ」という意味にとっている。ハプニングバーならではの解釈だ。

だが、もうひとつの意味も隠されていた。いわゆるダブルミーニングというやつだった。

淳子には別の顔があった。「つなぎ融資の女王」と呼ばれる顔だ。

淳子はもともと風俗業の出身ではなく、外資系証券会社のトレーダーであった。国立大学を卒業し、海外留学の経験もある。いわゆるキャリアウーマンだったわけだ。

そんな上等な仕事から、中洲でハプニングバーの経営に乗り出すようになったのは、彼女なりのマーケティングリサーチの結果だそうだ。

パイプライン。

淳子はこの店で、実業界とのパイプを着々と築き上げてきたのである。

そしてここで得た情報をもとに高配当を謳《うた》った「つなぎ融資話」で、出資者を募《つの》り始めたのだ。

つなぎ融資とは、近い将来に資金確保の目途《めど》が立っているものの、短期的には資金不足に陥っている場合に、埋め合わせ的に利用する融資のことだ。

たとえば、不動産の買い替え時に、現在所有する不動産の売却の決定をする前に、新規物件の頭金を支払わなければならないとき、手持ち現金がない場合、つなぎ融資を求めることになる。売却が決定したらすぐに返済すればいい。利息は多少割高でも、短期であれば大きなリスクにはならない。

すでに売却の目途が立っているところが、肝《きも》だ。これがごく一般的な例だ。

同じことが企業の資金繰りにも当てはまる。

事業は生き物だから、時として、銀行から通常利息の融資を受ける前に、短期的に契約金や、設備投資を先行投資しなければならない場合がありえるわけだ。

また公益的な研究開発で国や自治体から補助金を得る目途が立っているが、事前にまとまった研究資金が必要になる場合なども同じだ。

企業は一種の「時借り」を求めたくなる。

淳子はそうした「つなぎ融資」の胴元を引き受けていたのだ。

高配当を謳い不特定多数の出資者を集める。そうやって調達した資金を高利で企業に裏融資するのだ。当然これは出資法違反である。

そしてハプニングバーという彼女が作った舞台は、あらゆる闇ビジネスに生きていた。素人《しろうと》同士の性行為という、表社会では発散できない闇の舞台を訪れた人間たちは、すべての秘密を淳子に握られることになるのだ。

パイプラインは会員資格の条件をとてつもなく高く設定することによって、セレブたちの絶大な信頼を得ている。その甲斐《かい》あって地元九州財界はもとより、関東、近畿圏の大物たちも集《つど》うようになっていた。男女ともにである。

たとえば、霞《かすみ》が関《せき》の女性官僚が、ＩＴ企業の成功者に鞭《むち》で打たれて、歓喜の声を上げる場面を綾野は何度も目撃していた。それぞれの素性を知っているのは、淳子だけである。

綾野は偶然、数人の会員の本業を知っただけである。会員の元データは、淳子しか開けられないファイルにロックされている。

淳子は集めた出資金で、株やＦＸの取引もしていた。もともとそれが本業である。

一時的に総資産は百億を超えていたようだ。

ところが今年に入ってから負けが込み、さらには、企業に貸し出していたつなぎ融資も焦《こ》げ付きだしていた。

さすがの淳子も切羽《せっぱ》詰まりだしていた。

よくある話だ。熊本の自宅に出資者が、怒鳴り込んでくるようになったのも、春ごろからだった。

「トモちゃん、私、かなりやばくなってきた。バンコクに逃げようと思う、一緒に来るでしょう」

そんなことを言われ始めたときに手を出したくなる情報が転がり込んで来たのだ。


三億八千万円の引き下ろしについての情報を得たのは、三日前だ。

ハプニングバーの乱交部屋で、汗みどろになりながらセックスをしていた水野銀行博多駅前支店に勤める男女が、バーカウンターで、ふと漏らしたのだ。

「今日、会議室で、札束数えるのでくたびれちゃった」

「あぁ、四日の西郷宝石さんへの出金分だろう」

ふたりは常連だった。カウンターに他の客がいなかったので、気が緩《ゆる》んでいたらしい。

「そう。東京から来て、博多で引き下ろすんだって」

「改めるたって、百万円単位の帯封《おびふう》で括《くく》ったやつを、書店の文庫コーナーみたいに五束ずつ机の上に平積していくだけじゃん……」

「そうそう。でも札束って重いのよ。百束目ぐらいになると、結構手首疲れる……だいたい日銀がちゃんと計算して運んできたものを、なんでまた改める必要があるのよ」

「それが銀行ってもんだ」

男が女の太腿に手を置いた。女はさりげなく膝《ひざ》を開きながら、甘ったるい声を出していた。

「だいたい、なんでそんな大金を持ち出すのかしら。法人取引だったら、双方の主要銀行《メイン》同士で信用でも出来るじゃないですか……なんか怪しくないですか」

「そんなの正規取引でもいくらでもあるよ。それ東京の宝石屋さんのだろ。大口のゴールドは基本現金が原則だよ」

「……そういうのって、現金なんだ……簿外取引の疑いや盗難の危険って、どうなんですか」

男が笑いながら、女のバストを揉《も》んだ。女はピチピチのTシャツを着ていた。ノーブラだ。乳首が透けている。ハプニングバーなんだから、普通の光景だ。

「あのなぁ、銀行は税務署でもなければ、警察でもないんだ。まっとうな顧客が自分の口座に入れている金を引き出して、どう使おうが関知しないさ。店から出て盗難にあっても、それは自己責任だ。俺たちは捜査令状がない限り、警察にだって口座情報は漏らさない。それがバンカーってもんさ」

「そっか……あんっ」

女は身体をくねらせた。男がTシャツの上から乳首を摘《つ》まみ上げていた。

「どうでもいいけど、出金額はいくらなんだ？」

「三億八千万円……トランク二個分だって言っていたわ」

「なんだ、たいした額じゃねぇな。それよか、俺、もう一発やりてぇ。おまえ、あそこにいるMっぽい女を口説いて来いよ。おまえとのレズプレイ見てぇ」

「見るだけじゃないでしょう……倉橋《くらはし》君、三Pに発展させたいんでしょう」

女のほうも倉橋と呼ばれた男の股間をまさぐり始めた。勃起《ぼっき》の形が浮かんでいた。


聞いていた淳子がすぐに強奪計画を立てた。

綾野は翌日すぐに、東京の西郷宝石に飛び、一日中店を張り、十人ほどしかいない従業員の顔写真をすべて盗撮した。偶然ながらトランクの形状も把握した。

これが今日の作戦に生きた。そして今朝、水野銀行博多駅前支店にその中のひとりが入るのを確認した。ブルーのマーチに乗って来ていたので、マトははっきりした。

ところが、どうやら自分たちと同じ情報を摑んでいた別の組織がいたのだ。

やおらそいつらが出てきた。

博多では知らない顔だったが、強そうな連中だった。危うかった。後手に回ったのがむしろ正解だった。逆だったら、彼らが盗ったはずだ。勝負事は後出しの者のほうが有利だ。

とにもかくにも、横取りに成功したわけだ。

「社長、とにかく、一発でかっぱらってきたんですから、それなりの報酬《ほうしゅう》は出していただけますよね」

綾野は淳子に向き直った。

この女に服従するのも、そろそろ終わりにしたいものだ。綾野は、一回差し出したこの金を奪うことを考え始めていた。

5

午後二時十分。東京。

総務省消防庁情報局《FIA》の覆面基地《カバーベース》である「霞が関商事」の窓際の席で喜多川裕一《ゆういち》は舌打ちをした。

孫の麻衣の初陣《ういじん》が失敗に終わったのである。

ノースゼロの追跡情報も取れずに終わったのはまったくの誤算だった。

喜多川はスマホを取った。

今年八十三歳になる喜多川は、二年前にスマホデビューを飾った。「かんたんスマホ」を愛用している。

ラインもメールも苦手だ。使うのは電話だけだ。だからガラケーで問題なかった。スマホにしたのは、単純にガラケーに気に入った色や柄がなかったからだ。喜多川はいまでもガラケーの復活を願っている。

電話をかけた。呼び出し用の歌が流れた。長渕剛《ながぶちつよし》の「乾杯《かんぱい》」だった。孫の麻衣が生まれた頃の曲だ。

「やぁ、ジョニーさん。オープニングステージは終わったんですか」

能天気な声だった。この男もまた自分のことをジョニーと呼ぶ。ウイスキーのジョニーウォーカーが好物だからこう呼ばれるようになった。

苗字と組み合わせると、ジョニー喜多川になる。勘違いされるのでやめて欲しい。

電話の相手は麻衣の父親だった。警視庁捜査八課の津川雪彦《つがわゆきひこ》。定年間際のくせにやんちゃな男だ。

「私はまだきみを許してはいない……」

「来年は三十周年です。認知したいのですが、洋子《ようこ》はまだノーでしょうかね」

洋子とは女優の北川《きたがわ》洋子。娘であり、麻衣の母親であり、いま電話で話している男にやられた女だ。

「麻衣の認知よりも、洋子との入籍が先だろう。いまどきの者は、順序を知らない」

つい、いまどきの者と呼んでしまったが、津川は間もなく還暦だった。洋子は五十五だ。

「いやぁ、洋子はアイドルですから、入籍はまずいでしょう。彼女が結婚しないので、そのまま独身を通してしまったファンも大勢いるんですよ」

「その人たちの人生を狂わせたのも、きみだ。二十九年前にきちんと結婚を発表して、洋子を引退させてくれれば、ファンの人たちも家庭を持てた」

「そこまでの責任は負えませんね……っていうか、ジョニーさん、その話をわざわざしにかけてきたんじゃないでしょう。麻衣の初仕事の首尾は？」

「きみは警視庁にいるくせに、博多の強盗事件について知らないのかね」

ジョニーは声を荒らげた。津川は現存する人類の中で、もっとも嫌いな生物だ。

「いいえ、用がなければ役所には出ませんからね。いまは日比谷《ひびや》公園で、鳩《はと》に餌《えさ》をやっています。ジョニーさん、そこから、ぼくのこと、見えませんか」

霞が関商事は日比谷公園を見下ろせるビルに入っている。ジョニーは双眼鏡を取って、窓辺に寄った。

砦《とりで》から敵陣を観察するようなポーズで、日比谷公園を見やった。ベンチの前で、紀伊国《きのくに》屋文左衛門《やぶんざえもん》のように威勢よく餌を撒《ま》く津川の姿があった。

「なんでそこにいる」

「思い出の場所だからですよ」

三十メートルほど下にいる津川がスマホを片手に見上げてきた。つるっ禿《ぱ》げで、鷲鼻《わしばな》の男だ。

「なんの思い出だ？」

「言っていいんですか」

「言えないような思い出か」

「三十年前に、洋子と青姦《あおかん》した場所なんです。ほら、このベンチ……」

津川がベンチを指差し、腰を振る真似《まね》をした。警視庁では絶倫刑事《デカ》などと呼ばれている男だ。

「……で次の年に麻衣が生まれたってわけで……」

ジョニーはスマホを切った。とても最後まで聞く気にはなれなかった。

こんな男に娘は嵌《は》められたのだ。

津川が折り返し掛けてきた。

お互い予定調和だ。

ジョニーの着メロが鳴る。光《ひかる》ゲンジの「パラダイス銀河《ぎんが》」だ。麻衣が勝手に入れたのだ。

喜多川はすぐに出た。

「あのジョニーさん、洋子とやったって話、もう百回ぐらいしているんですけどね……必ずこのくだりから始めないと、会話しないっていうの……悪い癖ですよ」

「何回聞いても、腹が立つ。ぼくは、思い通りにならないことが、それほどないから、これが楽しい」

「早く、ショーの結果について教えてください」

「ノースゼロには逃げられた。飛び入りの客がスターになってしまった。つまり第一幕の『追跡』はぶち壊されたことになる」

「ジョニーさんの舞台をぶち壊すなんて、とんでもない飛び入りですね」

「せっかく麻衣の日本デビューのために、かっこいいオープニングシーンを設定したのに、残念だ」

マジで頭に来た。

そもそもＦＩＡの局長としてスカウトされたのは、自分の長年にわたる芸能界における演出家としての才能を政府が認めてくれたからだ。

諜報活動の基本は相手の動きを察知する、筋読みが肝心《かんじん》だ。筋読みには想像力が欠かせない。

現政権の中枢は、これまでの情報機関のデータ主義、あるいはたたき上げの公安刑事の勘に加えて、エンタテインメント的な想像力を求めた。筋読みには筋書きを作る人間が適している。千慮《せんりょ》の結果、芸能事務所のオーナーであり、タレントのプロデューサー、舞台の演出家であったこの自分に白羽《しらは》の矢を立てたわけだ。

今回も読み勝ち、さらに次の「潜入シーン」へ繋げるつもりだったのだ。

立て直さなければならない。

政府に自分の演出能力を見せつけて、出来れば二〇二〇年の東京オリンピックの開会式の演出を任せてもらいたい。

ジョニー喜多川にはそういう野心があった。

「ジョニーさん、気分転換に『松本楼《まつもとろう》』でカレーライスでも食べますか。僕が奢《おご》りますよ」

「ユーの奢りでなんか食べないよ」

「頑固ですね」

「それより、ショーを続行するために、ユーの力を借りたい」

「へぇ〜、珍しいですね。消防庁が警視庁の手を借りたがるなんて。まぁ消防と警察は親戚みたいなものですから、かまわないですよ」

「警視庁のユーに頼んでいるんじゃない」

「じゃぁ、熟年ファッション誌のモデルになれとかですか……ジョニーさん、まだ芸能界の仕事していているんですか」

やはりこの男は相当おかしい。どうしてこんな男と公私共に親戚関係になってしまったのだろう。運命を呪《のろ》う。

「ユーの実家、津川貴金属店で一芝居打ってほしい」

この男は銀座《ぎんざ》の名店のひとつ「津川貴金属」の一族だ。現在は兄が経営者である。

「読めた。うちの店の前で、現金が奪われるんでしょう」

この男、性格は悪いが、頭はいい。

「そういうことだ」

ジョニーは作戦を話した。もう一度、強奪させるところから始めないと、先の様子がわからない。

ふと壁に貼ってあるポスターが目に入った。オフィスのあちこちに貼ってある。

〈第一回東京・横浜——ファイアーバトル〉

お台場《だいば》海浜公園と横浜みなとみらいの景色が重なり合っていた。

あぁ、あの仕事も手伝わなければならない。総務省から内々にＦＩＡの特殊車輛《しゃりょう》と舟艇の提供を求められていた。ショーアップのためだ。

6

午後二時二十分。熊本。

淳子は煉瓦のように並ぶ札束の表面から、十束ほど取り出し、テーブルの上に重ねた。

水野銀行の帯封の付いた百万円単位の束だ。

ローテーブルを挟んだ反対側に襲撃を担当した綾野友則が座っている。

「まずは手間賃の一千万円」

淳子は札の山を綾野のほうへと押しやった。

「残りの一千万円は半年後ね」

言いながら、淳子はエメラルドグリーンのブラウスのボタンを外し始めた。

若い男には一気に大金を与えないほうがいい。派手に使われて足がついても困るし、そのまま逃げられることもありえる。

主従の関係も男女の関係も永遠ということはありえない。支配をつづける唯一の方法は、相手の弱みを握ることだ。

淳子はこの男の弱みを握っていた。計画的に近づき、半グレ集団のサブリーダーとしてのプライドを奪ったのだ。

「トモ君も早く服を脱ぎなさいよ」

「社長、俺、また撮影されるんですか……」

綾野はうんざりした顔をしている。鋭い眼光を投げつけてきたが、怖くない。

綾野が自分に抵抗できるはずがないのだ。

「新しい撮影を断ったら、これまでの恥ずかしい映像をネットで拡散することになるのよ」

淳子は脚を組み直した。

「社長はヤクザより汚ねぇ。高利貸しの追い貸しみたいなやり方だ」

「何とでも言いなさいよ。あんなことされている映像がネットで流れたら、あなた、もう博多はもとより日本中どこへいっても、男を張れなくなるわ」

最初に綾野を誘った夜に、淳子はさんざん酒を飲ませて、ラブホテルに連れ込み、双方腰が抜けるほど、セックスを繰り返した。

博多一喧嘩《けんか》が強いことで通っていた天神連合の綾野も、五回目の射精をしたときには、ぐったりとなった。

その直後に、その道の男ふたりに蹂躙《じゅうりん》させたのだ。

イケメン半グレで鳴らす綾野が、男根を咥《くわ》え、尻を貫かれている姿は、凄艶《せいえん》にして壮絶だった。その様子を映像に収めてある。

以後、天神連合は、淳子の自衛隊となった。基本専守防衛である。

中洲で水商売と裏金融のビジネスをしていくには防衛システムが欲しかった。しかしヤクザはごめんだ。淳子のビジネスのからくりを知れば知るほど、乗っ取りをかけてくる。

若くてメンツにこだわる半グレが好都合だった。

そのメンツを叩き壊す秘密を握れば動かしやすかった。しかし、若いぶんだけ、暴発もある。ひとつ重要な機密を共有するたびに、新たな恫喝《どうかつ》材料を得る必要があった。

今朝は彼らに三億八千万円を強奪させた。

初めての先制攻撃だった。切羽詰まれば、人間きれいごとばかり言っていられない。出資者たちをいましばらく欺《あざむ》いておく必要があった。

そして実行犯となった綾野が当面口を噤《つぐ》むような映像をさらに収録しておく必要があった。

脅しとは相手が廃人になるまで、永遠に上乗せしていかなければならない行為なのだ。手を緩めたとたんに相手は裏切ってくる。

「私、今日はオナニーに徹したいの……」

「とか何とか言って、相互鑑賞しようっていうんだろ」

綾野は怒気をはらんだ表情を見せた。

「あんたは、相互鑑賞プレイだなんて言って、俺がセンズリしている姿をこっそり撮影していたじゃないか……そこまでやられているとは思わなかったよ」

事実だ。

イケメンの半グレが、男に貫かれて目を剝《む》いている姿も醜悪だが、目を輝かせて、必死に肉茎を擦《こす》っている様子というのも最低だろう。どんな武勇伝を持っている男も、射精した瞬間の顔は間抜けだ。

男を売る夜のヒーローにとっては致命的な顔だろう。淳子はこの男のそんな映像を十本以上保存していた。保存場所は誰にも明かしていない。

「そこまでする女だから、私はここまで成功できたの……さぁ、あの映像を世間にばら撒かれたくなかったら、トモ君も早く服を脱ぎなさいな」

淳子は綾野にそう伝えて、ソファの脇に沈んでいたリモコンを手に取った。緑色のボタンを押す。

すると綾野の背中にあった書棚が、鈍い音を立てて左右に開いた。

「えっ」

綾野が訝《いぶか》しげに振り返った。

書棚の裏から隠し部屋が出現した。これまで綾野にも教えていなかった部屋だ。中央に円形ベッドがある。その背後に巨大金庫があった。中には常時十億は入っていたが、このところ、減り続けていた。

淳子は金のそばで寝るのが好きだった。

「そのベッド、回転するのよ。わざわざ特注したの……」

回転ベッドは日本の匠《たくみ》の技術のひとつだと思う。

あの金庫のまえで、回転しながらするオナニーは何よりも興奮する。

福沢諭吉《ふくざわゆきち》があのいやらしい目を細めて、じっとアソコを覗《のぞ》いてくるような気がするのだ。

一万円札の福沢諭吉の目は明らかにサディスティックだ。たぶん鞭打ち達人。

五千円札の樋口一葉《ひぐちいちよう》はどMの表情をしている。強制フェラが好きな目だ。

どちらにしても一万円札の男も五千円札の女もスケベな顔をしていると思う。お金がセクシーだ。

いまは床に置かれたトランクの中から三億八千人の福沢諭吉が、淳子の股間を覗いてくれている。

淳子はスカートを脱いだ。

レモンイエローのブラとパンティだけになった。ソファの上でM字開脚した。背中を丸めて、自分自身の股間を覗くと、ぴんと張った股布に筋が浮いていた。筋を寛《くつろ》げれば、ねっとりとした蜜液がこぼれ落ちてくるだろう。

淳子は股布の上から、筋の最上方を押した。ぷちゅっ、と鳴る。

「あうっ」

すぐにピンクの肉粒が浮き上がってきた。さらに押すと、その部分から身体中に疼《うず》くような快感が飛び散った。

「いやっ」

淳子は憚《はばか》ることなく声を上げた。陰核に置いた指先に、じわじわと熱と潤みがつたわってくる。

その様子を見ていた綾野がふっとため息を漏らした。喉が上下している。

「トモ君、早く脱いで。ギンギンに硬くなったあそこ見せて」

綾野がジーンズのホックを外した。抵抗しても始まらないので覚悟をしたらしい。赤と黒のストライプのトランクスを穿いている。そのトランクスの前が張り出していた。

淳子は欲情した。

「トモ君に、私の大事なところ見せてあげる」

パンティの縁をめくって、女の肝心な部分を男に見せつけた。果肉は熟していた。甘酸っぱいおまんこの匂いが、ぷ〜ん、と漂ってきた。

綾野がトランクスの上から肉茎を握りしめた。そのタイミングを見計らって、淳子が声を上げた。

「ねえ、沙耶《さや》と満里奈《まりな》も、入って来て……」

「はーい」

扉が開いて、女がふたり入って来た。ふたりは共にサテンのガウンを纏《まと》っていた。その下は真っ裸だ。

「社長……」

　さすがに綾野が怒気を帯びた声を上げた。

「また同じことをやったら、今度は殴《なぐ》り殺す。去年の映像なんて拡散されたってかまわない」

　キレだしている。同じ相手に同じ脅しは二度つかえないということだ。慣れるのだ。だから違う手を使う。今回は蕩《とろ》けるような甘い罠《わな》だ。

「安心して、今日は別なバージョンだから」

「あんたといて安心、出来るわけがねぇ」

「どっちにしても、トモ君は、いまからその女たちとエッチしているところを私に見せるしかないの……大きな仕事をした後には、大きな報酬があるわけだけど、それを渡す前に『裏切りません』という新しい証文を入れてもらうって、何度も言っているわよね」

「これが証文なのか……」

「そういうこと……今日一千万円。半年後に一千万。大きな報酬よ。でも口が堅くなきゃね」

「俺がタレこむとでも……」

「念には念をよ」

淳子は女たちに目配せした。

「こんにちは、沙耶です」

ショートカットの和風美人。中洲のお湯ガール。

「どうも、満里奈です」

こちらはロングヘアーで浅黒い肌の女だ。久留米のヘルス嬢。どちらも淳子のL仲間。金を貸して縛《しば》り付けてもいる。

ふたりは詳しい事情を知らずに、ただ綾野を〈ひとり発射〉させるためだけに来ている。報酬は五十万だ。沙耶と満里奈はプロの腕にかけて、綾野をズブズブにしてくれるはずだ。

一種の失爆をさせるのだ。失禁ではなく、失爆。

縛られた男が、肉茎を晒《さら》して、ひとり放精する姿は、小便漏らしより情けない。その姿をばら撒かれたら、綾野は夜の街のヒーローどころか、半グレ界の最低男に落ちる。この映像は大きな証文になる。

「さぁ、早くエッチな絡みを見せてちょうだい。私も、それ観て昇《い》きまくるから」

ふたりの女が綾野の左右の腕を引いた。綾野は従った。

なるようになれという顔をしているが、まだ何をされるのかは知らない。

三人が回転ベッドの上に上がった。

沙耶も満里奈もガウンのポケットから短い麻縄を取り出した。

「トモ君の、あへあへの顔を見て、ひとりエッチするのって、よさそう」

淳子はバストを揉み両脚を大きく開いた。クリトリスにすでに火がついていた。

7

大の字になれないというのは、とてもつらいことのようだ。

「あぁ……頼むっ。左も舐めてくれ……」

回転ベッドの中央で、綾野が声を張り上げ、左肩をぐいぐいと上げた。

そろそろ淫気《いんき》が充満し始めているようだった。飛ぶまで、もはや時間の問題だ。

それでもせいぜい肩や上半身を捻《ひね》ることしか出来ずにいる。

「博多の夜王《やおう》も形無しね」

淳子は目を輝かせてその綾野の苦悶の表情を眺めていた。

綾野のことは芋虫《いもむし》縛りにしてあった。

手は後ろ手に縛り。足首は揃えて括ってある。芋虫のようにしか動けない縛りだ。

これだけでも充分に屈辱的な姿なのだが、快楽の蟻《あり》地獄に落としていた。

片乳首舐めだ。

沙耶がもう三十分近くも綾野の右の乳首ばかりを舐めたり吸ったりしていた。執拗《しつよう》に虐《いじ》めている。単純だが、じわじわと効く責めだ。

「あぁあああ……右ばかりじゃ、左がおかしくなる……」

最初の数分は恍惚《こうこつ》の声を漏らしていた綾野も、五分が過ぎるころから、身体を必死に捩《よじ》り始めた。これをされると左乳首に大きな欲求不満《ストレス》がかかるのだ。

「だめっ。一回出しちゃうまで、右舐めだけなの……」

沙耶が、綾野の肩を押さえつけ、ふたたび右側の乳首をちゅうちゅうと卑猥《ひわい》な音を立てて吸い始めた。

「うぅうう」

綾野は呻《うめ》き声をあげ、腰をカクカクと振った。情けない動き方だ。

壁と天井に仕込んだカメラがバッチリ、捉《とら》えているはずだ。

股間から飛び出した肉杭が見えた。何度見ても立派な逸物《いちもつ》だ。赤銅色に輝くその男根はサラミソーセージのようにも見える。

「まぁ、カチンコチン……」

綾野の腰のあたりに横座りしていた満里奈が、剛直に顔を寄せた。

だが、接触はしない。もちろん手も触れない。尖《とが》りきった肉はまだ一度も触られも、舐められもしていないのだ。

「握ってくれ……」

綾野は低い声で言った。言っている傍《そば》から、亀頭がブルンと震えた。

「まだ、漏れない？」

ソファに座ったまま、淳子は聞いた。淳子はM字開脚していた。ひとり掛けのソファの左右のひじ掛けに足首を載せて、女の肝心な部分を開いた状態で、綾野が攻められている様子を眺めていた。

「淳子お姉さま……透明なのが出てきました」

満里奈が亀頭の先端を覗き込みながら、答えてくれる。

「透明のじゃ、だめね。白いのをドクドク噴き上げさせなきゃ、夢精にならない」

淳子は自分の花びらを、人差し指でワイパーのように撫でながら、綾野がさらに蕩けるのを待った。自分の中心部は熟れ切っていた。

「お姉さま、すごく、おまんこ臭いです」

綾野の亀頭を見ていた、満里奈が、視線を淳子の花の真ん中に向けてきた。

「あら。どんな匂い？」

「甘い香りですね。白桃って感じですかね」

「そう……」

悪い気はしなかった。

「トモ君のは、どんな匂い」

言うとすぐに、満里奈は整った鼻梁《びりょう》を、綾野の肉杭に近づけた。くんくんと嗅《か》いでいる。その間も沙耶は、延々と右乳首ばかりを舐めていた。

「んんんん」

むずかる綾野が寝返りを打った。満里奈の鼻息に亀頭が刺激されたのだ。興奮しきった男の粘膜は、鼻息だけでもくすぐったいらしい。

「肉っぽいですね」

鼻腔を離した満里奈が言った。

「そのものじゃない……」

生々しい表現にぞくりとさせられる。

淳子はもうやりたくて、やりたくて、しょうがなくなってきていたが、ひたすら耐えた。

まだ我慢だ。

エロ責めは、攻める側にも忍耐がいる。

「満里奈は、玉袋を刺激して。玉全体が涎《よだれ》でドロドロになるほど舐めて……」

「内股がくっついているので、玉が見えないんですけど」

前からではそうなる。方法はある。淳子は指示をだした。

「裏側からよ。お尻の下から、舐めればいいわ」

回転するベッドが、淳子から見て、ちょうど九時十五分の針の状態になった。横一文字だ。

満里奈が綾野の腰を起こして、淳子の方向に尻を向けた。尻の割れ目の下に、金玉が見えた。稲荷《いなり》寿司とはよく言ったものだ。そっくりだ。

「どうせですから、アヌスごと舐めちゃっていいですか。そのほうが、飛ぶの早いと思うんですけど」

四つん這いになった満里奈が、顔だけこちらに向けてきた。尻もこちらを向いている。

プロらしいすました顔だった。ところが満里奈の本心は、尻の谷間に現れていた。股間の底が蜂蜜を塗ったようにべちゃべちゃだ。

スケベが丸見え。

不思議なものでピンク色の上に透明な色が重なると、とにかく、いやらしく見える。

これは、人間の脳に女の要所が原風景として、こびりついているからではないか。

ピンクに透明。イコール濡れたまんこ。そんな原風景だ。男も女も、それをいやらしいものだと、認識している。

スケベ丸出しの満里奈が、尻側から玉袋に向かって、舌を差し出し、ベロベロ舐め始めた。

「あうっ、それはやめろっ」

綾野が身体を胎児のように丸める。

「あらら、はっきり見えちゃったよ、お尻の穴も、タマタマも……」

満里奈がからかうように言った。

言葉でも追い込み、男のプライドを奪っていくつもりらしい。そのくせ、自分も股の肉皺《じわ》を引き攣《つ》らせ、さっきよりも濃い蜂蜜を垂らし始めている。

満里奈はつづけて口を大きく開けて、玉袋を含んだ。じゅるっ、じゅるっ、と吸っている。

ベッドが回転していった。綾野の足の裏が、淳子に向いてくる。

「おぉおっ、やめてくれ。裏から玉ばかりを舐めるな……棹《さお》を舐めろっ。あぁああ」

真正面に聳える肉杭が、はちきれんばかりに膨《ふく》らんでいた。亀頭も、脳も破裂寸前らしい。

淳子はリモコンを取り出し、ベッドをその位置で止めた。

そろそろ自分も極まりだしていた。

まずは自分の右指を、ずぼっ、と膣穴に挿入する。

「んんん～ん」

弓なりになった。綾野の男根を挿し込んだ気分に浸る。サイズは違うが、視覚で剛直を捉えているので、その気になれる。

「沙耶っ、満里奈っ、早く飛ばしてっ。私もう昇《い》きたいからっ」

「はいっ」

「すぐに」

沙耶が綾野の上半身を起こした。膝立ちの恰好《かっこう》にさせる。人質にふさわしいポーズだ。

淳子と綾野は、二メートルほどの距離を置いて対面した。

綾野の顔は、歪んでいる。必死に目に力を籠《こ》め、忍の一文字で、男の体面を保とうとしている顔だ。

その顔を、淫らに溶かして、プライドを木っ端微塵《こ ぱ み じん》に打ち砕いてやる。

淫奪《いんだつ》……。

金は強奪。

男の尊厳は淫らに奪うに限る。

淳子はこれ見よがしに、指を入れたままの、自分の花を寛げた。

刺さった右指の深さがよくわかるように、左指を逆Vの字にして、大陰唇を開いてやる。蠢《うごめ》く小陰唇はなすがままに見せる。

綾野は顔を強張《こわば》らせた。それでも、眼だけは異様に光っている。

女の秘部に、ねっとりとした視線を注いできた。目を逸《そ》らそうにも、逸らせないのが、性への渇望だ。

頭の中は射精願望に取り憑《つ》かれている。

「もうぐちゃぐちゃ。ほら、指ピスするたびに、全体が動くでしょう、あぁ、いいっ」

淳子は人差し指を抜き差しした。押し込むと秘孔《ひこう》が窄《すぼ》まる。肉壁と湯蜜に指が圧迫された。引くと膣はさらに窄まり、指先を離すまいとする。

そのたびに、おまんこ全体も波打つ。肉厚の花びらがいっそう濃い赤色に染まっていた。

「あぁあん、いやんっ、トモ君とやっていると思うと、めっちゃ、気持ちいい」

「おぉおおおお」

綾野が身体全体を揺すった。オスの本能が昂《たか》ぶっている。

顔は必死の形相《ぎようそう》だ。まだ煩悶《はんもん》しているのだろう。

「トモ君の顔、おしっこしたくて、一生懸命我慢している小学生みたい……授業中だけど、漏らしちゃう?」

淳子が煽《あお》ると、沙耶と満里奈が、声を上げて笑った。

「いやぁ〜ん。お漏らし、見たい。なにもされていないのに、ひとりで、白いのびゅんびゅん飛ばす男って、かっこわるーい」

「くっ」

綾野が唇を噛んだ。こらえている。もう自分自身でも漏らすのは時間の問題だと知っているのに、少しでもその瞬間を遅らせようとしている。

さすがリンチにも耐え抜いた天神連合のリーダーだけのことはある。

それだけに、亀頭の先端からいきなり噴き溢《あふ》れさせる映像はインパクトがある。

「早くぅ……お漏らし射精、見せて」

すでに片乳首舐めで、淫脳の平衡《へいこう》感覚を狂わされている綾野に、踏ん張る余力は残っていないはずだ。

「ぅぅうう」

綾野の剛直がブルブルと震え出した。

後ろ手に縛られたままだから、自分で扱《しご》くことも出来ない。扱いて出している様子のほうがまだマシというものだ。

すかさず沙耶が右乳に吸い付いた。

「うぁぁああ……やめろっ、左を、左を舐めてくれっ」

綾野がついに絶叫した。

左乳首が、もげ落ちそうなほど腫《は》れあがっている。欲求不満《ストレス》は極限に達しているはずだ。

満里奈が綾野の背後に回った。背中を押した。綾野は膝立ちのまま、尻を突き出した。

「くわっ」

綾野の目がトロンとなった。口をあんぐり開けた。満里奈がアヌスに指を入れたようだ。

「んんんん、んが……」

指をゆっくり回転させているらしい。綾野はその動きに合わせるかのように、上半身を捻った。

「あぁああああ……左と、棹の先を……触れ」

綾野の顔が完全に溶けた。口から涎がだらりと垂れる。目がイッていた。

「ここはアップでも撮《と》るわね」

淳子は秘孔から指を抜き出し、ローテーブルの下からタブレットを取り出した。壁や天井にもカメラは取り付けてあるが、ここはクライマックスだ。最高のカットが欲しい。

フレームの中に縛られたまま、膝立ちしている綾野が映った。両手両足を縛られて、股間から剛直を突き出しているシーンだ。

淳子は全貌がわかるフレームをキープした。AVではないのだ。肉根のアップは要らない。

亀頭の中心がわずかに開いた。ぴくっと開いた感じだ。

切っ先から透明な泡が現れた。シャボン玉のように膨らむ。まさにサプライズ映像だ。

「いやだぁ……この男、チンコから鼻提灯を吹いている」

沙耶が腰を引いて笑った。

綾野自身が「終わった」というように、目を閉じた。

「ふたりとも、トモ君から離れてっ。出るわよ」

「あっ」

と綾野が天を仰いだ。尻の中から突然満里奈の指が抜けた瞬間だった。

後ろ門の栓を抜かれた綾野は前から噴いた。白い噴射だった。勢いがあった。

「あぁあああああああああああああああ」

淳子は立ち上がって、綾野の顔を確実に映り込むようなアングルにした。

突如タブレットがホワイトアウトした。レンズに命中したようだ。ここまでで、充分撮れている。画像を自分の秘密のアドレスに転送し、タブレットを置いた。

後はやるだけだ。淳子は、ゆっくりベッドに向かった。今日は一晩中4Pだ。

階下で、獣の雄叫びのような声が上がった。綾野の部下ふたりを、仕留めたようだ。

「トモ君、あの子たちはバンコクに連れていってもらうね。タマを抜けば、向こうでスターになれると思うの……」

綾野は返事をしなかった。ようやく左の乳首を嚙んでもらい、歓喜の声を上げるだけだった。

第二ステージ　囮《おとり》対囮

1

七月五日。午前十一時。

ＦＩＡの覆面基地である霞が関商事の会議室にチームＪのメンバー五人が集合した。

会議室の壁にポスターが貼られていた。

〈第一回東京・横浜――ファイアーバトル〉

民間のイベント会社が開催する花火と噴水のショーだ。水上ステージではいくつものパフォーマンスがあるらしい。

東京と神奈川の消防署も消防艇の放水で参加することになっていた。

そんなことはどうでもよい。

博多から戻ったばかりの麻衣は、長テーブルの端に座った。

「チームJ。揃いました」

課長の藤倉克己《ふじくらかつみ》が局長に伝えた。

チームJとは局長喜多川裕一の綽名《あだな》である〈ジョニー〉に由来している。常にジョニーウォーカーを愛飲しているからジョニー。単純明快だ。

六十年前、赤ラベルから始まり、黒の時代が長かったが、現在は青ラベルを好んでいる。御年八十三歳になるが酒豪だ。

ジョニーは麻衣の祖父である。

祖父が直属の上司であるというのは、とてもやりづらい。とくにこの祖父はあからさまに依怙贔屓《えこひいき》をするタイプなので、なおさらだ。

芸能プロのオーナー経営者であった頃にはそれでよかったかもしれないが、国家機関においての身贔屓が困る。

チームプレイが最優先される部隊なのだ。

ジョニー喜多川を除くメンバーはすでに集合していた。

麻衣はひとりひとりの顔を眺めた。

藤倉克己。薄毛の四十三歳。元世田谷《せたがや》南《みなみ》消防署の消防隊員。ブルース・ウィリスに憧れている。父親も元消防隊士長。祖父は両国《りょうごく》で現役の鳶《とび》をしている。江戸の町火消の家系を現代に引き継いでいる男だ。

その真向かいに樋口敏行《ひぐちとしゆき》。四十歳。英国の化学雑誌を読んでいた。この男は諜報《ちょうほう》員ではない。元K大学病院の医師で、厚労省経由でFIAにスカウトされた男だ。日々、諜報活動に必要なさまざまな工具、武器の開発にいそしんでいる。映画「007」のQに憧れているのはよいのだが、時に、扱いきれない武器を渡されるのは困る。

時速三百キロも出るローラースケートを与えられても、操り切れるものではない。

樋口の隣でマニキュアを塗っているのが、笹川玲奈《ささがわれな》。二十五歳。樋口と同じK大学病院に勤めていた看護師。注射の名人だ。麻衣も打ってもらったことがあるが、まったく無痛であった。これがこの女の武器だ。

ターゲットにすっと近づいて、睡眠剤を尻に打ち込んでくる技は鮮やかだ。

玲奈の前、つまり藤倉の横に、浅田美穂が座っている。

昨日、麻衣と共に博多で張り込みをしていた同僚だ。

二十五歳。元警視庁交通課のミニパトガール。都内全域の裏道に精通しているのはもちろん、小型車の運転技術に長《た》けている女だ。

高校時代までは暴走族世田谷連合のレディースとして活躍していたのだが、ある日、凄《すご》腕《うで》の白バイガールに捕まり、その完璧なバイクコントロールに魅了され、女性警察官への道に進むことにしたのだそうだ。

交通課内部に淫脈を拡げているので、さまざまな裏情報が取れる。それがＦＩＡでは役立っていた。

麻衣と美穂は、意気消沈していた。

昨日、せっかく彼らの計画の端緒を摑《つか》むための機会を手に入れたのに、あっさり糸を切らしてしまったのだ。

他のメンバーに顔向けできない。

いきなり、会議室の扉が開いた。

「ショーマストゴーオン」

矍鑠《かくしやく》とした声とともに、白髪をオールバックに撫《な》でつけたジョニー喜多川が、窓側に向かって、ゆっくりと歩を進めてきた。

まるで花道から登場した千両役者だ。

ジョニーはブリティッシュブルーのスーツにステッキを持っていた。

ステッキは樋口が作った特殊防具だ。

警棒になるばかりではなく、柄を押すと、先端から弾が飛び出す仕組みだ。

火薬の入った銃弾ではない。ＦＩＡは警察や自衛隊と異なり、拳銃などの武器の所持は認められていないので、創意工夫した弾を込めている。

熱湯弾や臭気弾などだ。玩具の延長上の発想が多いが、いずれもユニークな弾丸ばかりだ。

樋口たち工作班は、現在、特殊消防車を数台製造している。

ジョニーに言わせると戦車よりすごい消防車だそうだ。ノースゼロとの対決には、ＦＩＡにもそれぐらいの軍備が必要になるらしい。

ちなみに大型消防車の放水威力はバズーカ砲に匹敵することをほとんどの民間人は知らない。

「ショーマストゴーオン」

もう一度そう言って、ジョニーが席に着いた。

祖父はこの言葉が好きなのだ。ショーマストゴーオン。ショーは続けられなければ、ならない。つまり捜査続行の意味だ。

日比谷公園を見下ろす窓際の席に腰を下ろすなり、ジョニーが最初のセリフを言った。

「昨日は、ノースゼロにとっても、我々にとっても、リハーサルだったということにしよう」

「はい？　いまなんて……」

藤倉が目を丸くした。この人はまだ祖父に慣れていない。祖父は自分中心の物語しか考えない人間だ。

「だから、もう一回、同じショーを作る」

言い出したら撤回《てっかい》しない。それがジョニー喜多川。稀代《きたい》の演出家の執念だ。

「しかし……ノースゼロの動きが読めません。彼らの新たな情報がない限り、潜り込む場所がありません」

藤倉が肩を竦《すく》めてみせる。

「ユー、センスがないよ。そういうときは動かすように仕掛ければいいじゃないか」

会議室のスチール製の棚を指さした。視線が麻衣に向いている。仕方がない。麻衣は立ち上がった。棚の中央のファイルボックスを一度引き抜き、奥からジョニーウォーカーの小瓶を取り出した。ブルーラベルだ。グラスも一緒に置いてある。ボトルとグラスを持って祖父の方に進むと、

「氷も頼む……」

と八十三歳のジョニー。

爺《じい》ちゃん、わがままの波に乗り出している。

いい加減にしてっ、という言葉を飲み込み、麻衣は会議室の隅にある小型冷蔵庫に向かった。部下と孫を混同して使う老人だからしょうがない。

オンザロックを一口舐めたジョニーは、いよいよ滑《なめ》らかに語り出した。

「僕たちが失敗した最大の理由は、ノースゼロが失敗したからだ」

出た。得意の責任転嫁だ。この老人は芝居の悪さを演出のせいにすることはない。すべて役者やスタッフになすり付ける。

今度はよりによって犯人が悪いと言いだした。そもそも相手は悪人じゃないか……。

「僕は失敗した彼らに、もう一度チャンスを与えてやろうと思う」

テロリストは役者じゃない。あんたの都合でステージに戻っては来ない。

「三日後に、彼らはもう一度動く……今度はこっちに都合のいい銀座だ……」

ジョニーは酔うように言った。実際に酔いが回り始めている。

「餌はもう撒いてある……」

グラスを呷《あお》った。大丈夫か、爺ちゃん……。

「局長、どういうプランですか」

藤倉が真顔になって聞いていた。玲奈はまだペディキュアを塗ったままだ。

「ノースゼロも資金調達は急いでいる。脇の甘い中年男が現金を持って、ゴールドを買いに行くという情報を拾ったら、狙ってくるだろう。今度は、きちんと彼らに強盗させる」

ジョニーが麻衣のほうを眺めながらにやりと笑った。

いやな予感がする。とても嫌な予感だ。

「マカオに潜伏している内調《ないちょう》の人間に、マフィア経由で現金取引の話を流してある。ノースゼロはこの情報に食らい付くと思う」

麻衣は手を上げた。ジョニーに指さされた。

「あの、その銀座で金塊取引というのは……」

「津川貴金属本店。中年の禿《は》げた男が、現金を持って買いに行く。とても間抜けな男という設定だ」

やっぱり、このじじい、最低だ。それって津川雪彦じゃないのか。あんたの娘の元カレで、私の父親だ。警視庁捜査八課の警部補。いまは遊軍だが、元は公安外事課の所属でいわば諜報界の先輩だ。

「正確にいえば、間抜けな演技がうまい。ある意味名優だ。他機関の男だが、個人的に協力してくれる」

「囮《おとり》の現金は公金ですか」

藤倉が聞いた。

「いいや、その男が個人的に二億用意してくれる。もっと用意できる器量がある男だが、トランクが重くなりすぎるのが嫌なんだそうだ」

祖父もわがままだが、父も同等だ。

本来は絶対に組んで欲しくない組み合わせだ。

「盗られっぱなしでもいいんですか……その方……」

樋口も目を丸くしている。

「いいや、必ず返せと言っている」

父ならそう言う。

「しかし、我々の目的はテロの防止で、強奪された現金の回収ではないですよ。もっといえば、強奪した金を活用してもらわなければ困る……」

藤倉が困惑の表情を浮かべる。麻衣にはすでに祖父の考えが読めていた。ドラマティックな展開を求めているのだ。

「だからさ、藤倉君。ユー、博多で奪われたお金、取り返してきてよ」

「えぇぇぇぇぇぇ」

そう来ると思った。美しいプロットだ。観客が留飲《りゅういん》を下げる勧善懲悪《かんぜんちょうあく》の芝居とはまさにそういう筋書《オチ》きだ。

「スチールマネーをスチールする。痛快だろ？　藤倉君さ、福岡県警よりも先に犯人を割り出して、罪は問わずに、金だけ取り返してきてくれ……」

「強盗捜査なんて、したことないですよ」

藤倉は二の句が継げないでいる。

「強奪犯は暴走族系の半グレ集団のようだね」

「はい、我々の範疇《はんちゅう》ではありません……情報網も福岡県警のほうが上手《うわて》です」

「県警よりも、先手を打つ方法があります」

「それは……まさか」

「そのまさかです。与党ヤクザを活用してください。今回のケースでは登坂《とさか》興業がいいでしょう。ユーもよく知っている会社だし」

「そこいきますか……」

藤倉が顔を顰《しか》めた。手を組みたくない相手なのはジョニーとしても重々承知しているはずだ。しかし背に腹は代えられない。

国家が簒奪《さんだつ》されかねない状況下では、メンツも捜査の垣根もない。オールジャパンで臨むべきだ。

与党ヤクザとは保守政権と組んでいる暴力団、あるいは元暴力団だ。

彼らは反社会組織ではありながら、ことと次第では一般社会の藩屏《はんぺい》となることもある。もちろん、利益は主張する。

登坂興業は東京の半グレ集団を下部組織に従えている。博多の裏情報も瞬《また》く間に手に入れてくれるだろう。

「協力要請の手土産《てみやげ》はどうします？」

「カジノ利権の進捗《しんちょく》情報を少し教えてあげてください。すぐに、博多の闇社会の様子を教えてくれますよ……民間防衛には与党ヤクザの協力が欠かせません。その辺もよろしく説得してください」

戦後の焼け野原で、警察よりも役に立ったのは、任俠《にんきょう》団体や愚連隊《ぐれんたい》の人々だったという。両国の祖父から何度も聞かされていた。

「わかりました。やってみます」

「そっちはチーム博多としましょう。美穂君と組んでください」

「はい」

「それでチーム東京は麻衣と玲奈君で頼みます」

「女ふたりだけですか？」

麻衣が眦《まなじり》を上げた。

「内閣府からの要請で、七月は女性活躍推進月間だそうです」

そんなの聞いていない。

「樋口君には、小道具だけではなく、大道具も頼む」

ジョニーが机の上に大きな紙を拡げた。図面だ。クルーザーやらドローンの設計図が描かれている。

「おぉ、すげぇ」

「このぐらいお洒落《しやれ》な消防艇じゃないとね。ショーアップ出来ない」

まるで映画の美術セットを発注する感じで、ジョニーが樋口に、あれこれと説明しだした。

「何する気ですか……」

「いや、これは、ファイアーバトルに参加させる新型艇」

ジョニーがポスターを指さした。

「総務省から、ＦＩＡの秘密消防車や消防艇も参加させてくれっていわれてね。いいチャンスだから、車も艇もさらに改造するのさ」

こんなときにショー用の車輛改造でもあるまい。だがジョニーは乗り気だ。やはり演出家としての血が騒ぐのだろう。

「ＦＩＡって非公然組織じゃありませんでしたっけ」

「もちろん、東京消防庁と横浜市消防局の所有物として出演するんだよ。ただし乗り込むのはうちの特殊車輛部の連中」

特殊車輛部とは事実上の防衛隊である。

戦車同様の機能に改造された消防車、小型戦艦の能力を持つ消防艇、散水能力を機関銃並にしたジェットヘリなどを所有している。当然、国家機密とされている。

テロや他国の攻撃があると判明した際に、いち早く各地域の消防署に送り込み、事実上の兵器として使用するのだ。

戦闘消防車は五十台。砲撃用消防艇三十隻。ジェットヘリ二十機を所有している。世間に発覚したときのために、すべて水砲、水銃となっている。

ただし飛び出す水の圧力は、敵の戦車をひっくり返すほどの威力がある。

火薬を使わなければ爆弾と呼ばれないので、国内法上兵器には当たらない。

東京ドームでのアイドルコンサートで大量の水を使ってきたジョニーならではの発想であった。総務省も内閣府も、いざというときに水を爆弾に変えるということで、開発を奨励してくれた。

「なかなか、実戦的に使ってみることが出来なかったから、今回いいチャンスだと思う」

ジョニーが笑って、ウイスキーを呷った。

これら準軍備品は、すべて首都圏の米軍基地に匿《かくま》われている。消防車とジェットヘリは横田《よこた》と厚木《あつぎ》。消防艇は横須賀《よこすか》にある。

つまりアメリカだけはこの事実を知っているのである。

2

七月八日。午後一時。銀座二丁目。

ランチを終えて、周辺のビルに戻ろうとしているサラリーマンやＯＬたちが足早に行き交っていた。

銀座通り。麻衣と玲奈は銀座発祥の碑の前で、事件が起こるのを待っていた。今日も追跡用にベスパを用意している。

筋向かいに銀座津川貴金属本店のビルが聳《そび》え建っていた。父の実家だ。伯父が経営している。

あたりに不審車はない。怪しい人影もない。

麻衣は京橋《きょうばし》方面を眺めた。ポリスミュージアムが見えた。旧名は警察博物館だ。なぜ英名に変えたのかはわからない。

よりによってポリスミュージアムを起点にしなくてもよいものだが、銀行員からキャッシュを受け取る場所としては、そこが一番安全と考えたようだ。

どうせ盗られるための二億円なのだが、目的外の人間に横取りされてはかなわない、ということらしい。

祖父と父は不仲だが、こういうことでは一致する。

しばらくして、赤のアロハにベージュのハーフパンツを穿《は》いた父が出てきた。パナマ帽まで被《かぶ》っている。右手でだらだらと、ホワイトレザーのトランクを引いていた。

ここはホノルルのカルカウア通りか。

五十九歳のいかれた父親。誰があの男を警視庁の現職刑事だと思うだろう。

「えっ……あれだれ？」

一緒に立っていた玲奈が、素《す》っ頓狂《とんきよう》な声を上げた。

父の後ろから、同じような恰好をした男がもうひとりついてきた。黒のアロハのいかつい男。日焼けした顔にサングラスをしている。この男もジュラルミンのバッグを引いていた。

アロハはよく見れば刺繍《ししゆう》が入っている。それも昇り龍ときた。

「マジあれだれ？」

ターゲットにしては目立ちすぎる。またヤクザが横取りに出てきたのかと思うと、うんざりする。

麻衣はペンダントマイクで父親に警戒を促《うなが》した。

「パパ、背後に別な客がいる」

車道を挟んだ反対側を歩く父が、腕時計を口元に当てるのがわかった。

「心配いらんよ。後ろにいるのは同僚だ。組対出身だから、あんな雰囲気なんだ」

「そんなの聞いていない。なんで急に予定外のことをするのよ」

「二億の札束は想像以上に重かった。俺の持ってきたトランクにはそもそも収まり切らんかった。で、あいつに来てもらったんだ。単純にボランティアだ。あとでライオンでビールを奢《おご》る……」

「そんなのターゲットだって、予定外に感じるかもしれないでしょう……中止したら、また出直しだわ」

「大丈夫だ。もうお見えになっているよ……麻衣、切るぞ」

すぐに視線を父親の歩く先に移した。

津川貴金属のビルの五メートルぐらい手前。灰色のトヨタハイエースが停まっている。

そこから作業服を着た男が三人降りてきた。全員頭に白いタオルを巻き、マスクで顔の下半分を覆《おお》っていた。

それに灰色の作業服に濃紺のニッカボッカ。手には刷毛《はけ》の入ったバケツを持っていた。

塗装業のみなさん？

いやいや、あれこそがノースゼロだ。

麻衣は玲奈と共に、ベスパに跨《また》がった。爽快《そうかい》なエンジンを奏《かな》でて、車道を突っ切り、ハイエースの背後に付いた。間隔を十メートルほど開けた。現金を奴らが奪ったら、即追跡だ。

「おぉおおっ、何をするっ」

父が叫ぶ声がした。

塗装工を装った連中が、バケツの中にあったペンキをぶちまけていた。パナマ帽の上から白と青のペンキを被った父親が、大げさに顔を押さえ、舗道《ほどう》の上に尻餅《しりもち》をついている。

予定通りに間抜けな老人を演じてくれていた。本来の父ならば、老体に鞭《むち》を打ってでも回し蹴《げ》りのひとつも放ったはずだ。

「痛てぇ」

もうひとりのいかつい刑事も、舗道に横転していた。一応軽い抵抗を試みたようだ。あえてのろいパンチを繰り出し、逆に腹に蹴りを食らったようだ。黒のアロハのどてっ腹に、地下足袋《じかたび》の痕《あと》がついていた。

この刑事はさりげなく自分の存在をアピールし、さらに証拠の断片をうまく得ることに成功していた。

塗装工に化けた襲撃犯たちは、もうひとつのトランクにも気付いたようだ。

白昼堂々とした襲撃だ。

しかしあたりにはまだ悲鳴すら上がっていない。

道行く人には状況がまったく呑み込めていないからだ。

塗装工たちは、転んだ老人に歩み寄って「すみませんっ」と叫んだ。

いかにも誤ってバケツのペンキを飛ばし、介護しようとしているように見える。うまい。自作自演事故とはこのことだ。

すみません、ごめんなさい、と叫びながら、男たちは、父とその友人のトランクを奪い取った。うまく盗ってくれた。

麻衣と玲奈は、ベスパのアクセルレバーを回転させた。銀座の街にベスパはよく似合う。軽快な音が轟《とどろ》き渡った。

さぁ、追跡だ。

ハイエースにトランクが積み込まれ、発車するのを待った。

えっ。麻衣は息を詰めた。

事態はまたもや急転した。

男たちが、そのまま京橋方面へと向かって駆けだしたのだ。

なんだ、なんだ。

ハイエースには誰も戻ってこない。

どういうこと？

麻衣はうろたえた。

男たちは「すみませーん」「通してくださーい」などと叫びながら、京橋方面へと疾走している。

トランクはわざと赤や青、黄色で汚されていた。傍目《はため》には彼らの業務用トランクに見える。すれ違う人々は道を開けた。

まずい。

「このハイエースは、囮《おとり》っ」

麻衣と玲奈はベスパをスタートさせた。間隔を保って、車道側から走る三人を追尾する。

三人は地下鉄銀座線京橋駅の階段へと消えようとしていた。地上六番出口だ。

しまった。

麻衣と玲奈は京橋交差点でベスパを急停車させ、自分たちも六番出口へと走る。階段を降りようとして、麻衣は呆気《あっけ》にとられた。地下から、団体旅行客が上がって来る。五十人ぐらいはいるのではないだろうか。

中国人の団体らしい。トランクを引き、大声を上げながら上がってきた。階段の幅全体を覆うように広がっている。

「通してください」

と叫んでみても無意味だった、傍若無人《ぼうじやくぶじん》なこの国の人間たちは、かまわず上がってくるだけだ。

「ひょっとして、この中に紛《まぎ》れているかも」

玲奈に肘《ひじ》打ちされた。タイミングがよすぎる……あり得る話だ。彼らが全員地上に出てくるのを待った。小型のトランクばかりだった。

最後に旅行ガイドらしい男がやって来た。大手旅行代理店ＪＫＢの旗を持っている。

「大変ですね。中国からの観光客ですか」

麻衣がさりげなく聞いた。

「階段を塞《ふさ》いでしまって申し訳ありません。日本のマナーは伝えているんですが、いっこうに聞いてくれませんで」

「仕方ないですよねぇ……みなさん銀座にお泊まりですか」

とにかく情報を拾っておきたい。

「新橋のビジネスホテルですよ。ここから、ブランド店と免税店を回って、ホテルまで歩くんです」

ガイドは汗を拭《ぬぐ》いながら、では、といって団体客の先頭へと向かった。

この団体客が本物なのか、テロ集団の一派なのか、即座にはわからない。だが、地上に出たこの一団については銀座通りの防犯カメラが追跡してくれる。

階下に降りる。

すぐに改札があったが、団体客がいたせいか、スーツを着たビジネスマンたちで、ごった返していた。塗装工の格好をした男たちの姿はどこにもない。

改札口はすぐ目の前だった。

見失った。

麻衣は改札口付近で、構内をぐるりと見渡した。京橋駅の構内はさほど広くない。すでに改札を抜けて電車に乗ってしまったか、はたまた通路を前進し、日本橋《にほんばし》側の出口から再び地上に出た可能性もある。

　麻衣と玲奈は人波に紛れて、再び地上へと出る階段を上がった。

「またしても空振りだったわね……ハイエースに幻惑されたわ」

「でも、半分は成功よ。テロ着手のための資金は手渡したんだから」

　玲奈が言った。

「それでまんまと破壊工作が成功しちゃったら、どうするのよ」

　銀座方面へとだらだらとベスパを引きながら戻る。

「駅に潜り込んだんだから、防犯カメラには捉えられているはず。再び地上に出たとしても、防犯カメラに必ず映っているわ。丹念に探すことよ。それよりハイエース、警察が来る前に徹底調査しなきゃ」

　玲奈に励まされた。

　夏の日差しが強烈だった。

　銀座二丁目の津川貴金属の前まで戻ると、ハイエースが消えていた。父親もその友人の姿もない。

　代わりに舗道に飛び散らかったペンキの染みを、津川貴金属の店員たちが、モップで拭いていた。おかげで舗道がやたらシンナー臭い。

モップを持った人たちの中に、見知った顔がいた。その男が片手を上げた。

「麻衣さん。こんにちは」

津川貴金属の跡取り息子。津川春雄《はるお》だ。二十六歳。麻衣とは事実上の従弟《いとこ》関係になる。父には似ても似つかぬ利発な顔だ。とても同じ一族とは思えない。

「ごめんなさい、迷惑かけちゃって……」

麻衣は詫《わ》びた。

「いやぁ、とんでもない。うちも映画に映るんだから、嬉しいですよ。凄《すご》い撮影でしたね」

春雄がわけのわからないことを言った。二秒考えた。なるほど、祖父と父親はそういう名目を立てていたのだと知る。

「ところで撮影につかったハイエースはどうしました」

「あぁ、雪彦叔父さんたちが、乗って帰りましたよ」

「そう……ありがとう」

努めて平静を装い、笑って見せた。

「で、カメラは、どこにあったんですか」

春雄が目を輝かせて聞いてくる。

「あぁ、あっちから撮っていたの。もう撤収《てっしゅう》したと思うわ」

麻衣は斜め右、松屋《まつや》百貨店の方向を指さした。あるわけない。それよりオヤジだ。ハイエースをどこに持って行った？

3

午後二時。日比谷公園。地下駐車場。

「おまえが、ハイエースを放ったらかしたまま行っちまったから、ミニパトが来てしまったじゃないか……危ねぇところだった。レッカーでも呼ばれたら、アウトだったぞ」

ハイエースの横で、父親がハバナ産の葉巻を吹かしていた。

「あの場合、仕方がなかったわ……」

麻衣はベスパを降りながら言った。

父親の横に黒のアロハを着た友人。

そいつが言った。

「まったくだ。被害者が加害者の車を運転して帰るっていうのは、めったにない」

まじかに見ても、極道みたいな顔をした刑事だった。

「いずれにしても、ここまで運んでくれてありがとう」

霞が関商事は日比谷公園のすぐ脇にある。間もなく玲奈が工作班の樋口を連れてくる。

「あぁ、俺らはこれで引き上げる。後はしっかりやれ」

父親とその友人の刑事は並んで、出口の方へ去っていった。ペンキだらけのアロハと半ズボンのおっさんふたり。おかしすぎる。

父親が振り向いた。片笑みを浮かべながら言った。

「洋子とやったのは野外音楽堂の向こう側のベンチだ。そこがおまえの発祥の地だ……機会があったら見ておくといい……」

麻衣はすぐにパンプスを脱いで、父親のスキンヘッドめがけて投げつけた。

「痛てぇ」

父親がわざとよけなかったのはわかっている。

ふたりと入れ替わりに玲奈と樋口がやって来た。

「証拠保存が出来ていてよかった」

樋口は工作班のメンバーを数人連れている。警察でいうところの鑑識にあたる人間たちだ。

その男たちがハイエースに乗り込んでいった。

玲奈が麻衣の横に来て腕を組んだ。

「やっぱりこの車、今朝の九時に盗難届が出されている」

「盗まれたのは、どこ？」

麻衣はパンプスを履き直しながら聞いた。

「芝浦《しばうら》の倉庫会社だって」

玲奈が樋口を迎えに行った際に仕入れてきた情報をかいつまんで説明してくれた。

盗難に遭ったのは芝浦にある『田中《たなか》倉庫』という会社だ。警備員はいたが、倉庫前の駐車場は広大で、搬入用のトラックがいない深夜はあまり注意していなかったそうだ。

ハイエースは駐車場の隅に駐めてあった。三台所有するハイエースのうちの一台だったそうだ。朝になって警備員が駐車場を見回った際に、一台なくなっているので、不審に思って防犯カメラの映像を確認したところ、深夜二時三十二分の画像に、二人組の男が乗り去っていく様子が映っていたそうだ。エンジンは直結でかけられている。実際、ハイエースにはキーはついていなかった。キーボックスの下部が破壊されてコードが剝《む》き出しになっていた。古いタイプの車だから出来たことだ。

ここまでハイエースを移動させた父親もまた直結でエンジンをかける技術を持っていたということだ。

「所轄署に防犯カメラの映像が差し出されているわ。いま美穂が、その映像を手に入れるよう警視庁のエロ友達に頼んでいる」

「美穂、捜査課の上層部とも、結構エッチしているから、情報獲《と》れると思う」

玲奈がため息交じりに言った。

「交通課や地域課の相関図も作っているしね……」

美穂は局長の指示で、かつて所属していた警視庁や主要所轄における男女関係について事細かく関係図を作っていた。

見せてもらったことがあるが、まるで家系図のようだった。

交通課と地域課が結構深い仲だというのがわかる。

交番とミニパトを、プラベートにも活用しているということだ。

「だから、地域課を通じて倉庫界隈《かいわい》の民間の防犯カメラからの映像も、どうにか手に入れられるみたい」

玲奈が唇を舐めながら言っている。スケベなことを考えているに違いない。

昨夜のハイエースの動きと、本物のナンバーからその車の過去の動きも割り出せる。面倒くさいがNシステムをフル活用して調べる必要がった。

警察用語の鑑取《かんど》りだ。なぜ、そのハイエースが狙われたのか。

行きあたりばったりの犯行か、それともかねてから、その倉庫に目をつけていたのか。徹底してハイエースの過去の行動を探れば、必ずヒントはある。

これも工作班や後方支援班の仕事だ。

「ドクター樋口。あまり時間がないわよ。このハイエース、芝浦五十五分署《ごじゅうごぶんしょ》も探しているんだから」

玲奈が声を張り上げた。

「わかった。ペンキは今日持ち込んだものだな。車内にはペンキの痕跡《こんせき》は薄い」

「指紋や頭髪は集まった？」

麻衣も聞いた。

「あぁ、ありすぎてうんざりする。それよりも、微量の火薬と奇妙なアルコールが検出されたぜ」

樋口の両手のひらに、それぞれ透明なセロハン紙が載っている。

右手に砂のような粒。真っ黒な粒だ。左手のセロハンには液体がついている。

「火薬っ」

言ってすぐに、麻衣は口を噤《つぐ》んだ。火薬……彼らはすでに爆弾を持って動き回っている可能性があるということだ。

「やばっ」

玲奈が顔を顰《しか》める。

「やつらのこと、見失って正解だったかも」

麻衣も蒼《あお》ざめた。

結果的には京橋駅で、追い詰めすぎずに済んで、幸いだったということだ。テロリストたちが追跡に気がついたら、京橋駅構内で自爆を試みたかもしれない。

「アルコールっていうのは、導火線用かしら？」

玲奈が聞いた。

「使用目的はわからない。アルコールはアルコールでも、こいつは酒だ。それも相当安手の酒だ……」

「それでも、導火線になるわよね……テキーラとかウォッカって燃えない？」

酒のことはやたら詳しい玲奈だ。

「これはそれほど、強くない酒だと思う。本部に戻って分析するから、待ってくれ」

下戸《げこ》の樋口が、液体の付いたセロハン紙を鼻に当てて、しかめっ面《つら》をした。

本部に戻った。

藤倉克己と浅田美穂は、赤坂《あかさか》に本社を構える登坂興業に出向いていた。今回は与党ヤクザの登坂興業の協力を求めるらしい。

祖父は外出していた。ホワイトボードを見ると東活《とうかつ》映画となっていた。

これは現在の仕事ではなく、かつてやっていた芸能事務所の仕事のサポートのようだ。いまだに祖父が入らないと解決しない問題も多いらしい。今日もおそらく脚本の書き直しの要請だろう。

祖父のデスクの背後に日比谷公園が見えた。野外音楽堂が見える。

発祥の地っていわれてもなぁ。

何時頃だったんだろう。私が発射されたの……。そんな超くだらないことを思い浮かべていた。

背中で樋口の声がした。

「いわゆる産業用の火薬。鉱山火薬とも呼ばれているものだ」

「日本製かしら」

麻衣は振り向いた。

「たぶん……合致する製品があるかどうかを調べるには、まだ時間がかかる」

自分自身にもリスクのある火薬を海外から運びこむことは考えにくい。それなら資金を用意して、日本国内で調達したほうが早いはずだ。

いずれにしても、火薬ということで、ノースゼロの目的がはっきりした。諜報活動ではない。やはり爆破工作が目的だ。

麻衣は胸騒ぎを覚えた。時間が切迫しているように思えてならない。

祖父の口癖を思い出す。

『デブは短気だ』

自己節制が出来ないからデブになるのだそうだ。長いことタレントを育ててきた勘らしい。

刈り上げ頭のデブは、どんどんミサイルを打ち上げている。

金髪デブも空母を半島付近に集結させている。

どっちも短気なら、これはもう待ったなしだ。

目の前の日比谷公園も、夏の日差しに包まれて平和そのものに見えた。夕方になれば、そこかしこからカップルが集まってくる。

三十年前の父と母のように、やっちゃう男女もたくさんいるはずだ。公園でエッチすることが出来るのは、そのまま日本の治安の良さを意味する。

ふと青姦が平和のシンボルのように思えた。

やっている最中に、ミサイルが飛んで来たらどうする？　いやだ。

「お願い、急いで、分析してちょうだい。私はあのハイエースがどうやって盗まれたのか、徹底的に分析してみる」

喫煙ルームに行っていた玲奈が戻ってきた。

「アルコールの成分のほうはわかった？」

「混合酒。いろんな焼酎が混ざりあったような、いわゆる爆弾酒……戦後の闇市とかで出回った酒……北朝鮮ではいまでもこんな酒が飲まれているのかもしれない」

「爆弾酒……」

玲奈が首を傾《かし》げた。

「ちょっと舐めていい？」

「命に係わる成分は入っていないから、かまわないが」

樋口が液体の付着したセロハンを差し出した。玲奈はその酒を人差し指の先端に付けて舐めた。

「辛っ……」

言いながらまた首を捻《ひね》っている。何かを思い出そうとしている表情だ。

4

午後三時。赤坂、登坂興業ビル、会長室。

「今回は与党の立場で、ご協力を願いたい」

藤倉克己が起立して深々と頭を下げると、齢《よわい》五十八歳になる登坂芳和《よしかず》は、胸ポケットから電子煙草を取り出した。

大きく吸い込んで、蒸気の煙を吐いた。二年前に心筋梗塞《しんきんこうそく》を患って以来、禁煙しているという。命知らずだった四十代の頃と違い、いまは健康志向だ。ヤクザのくせに……。

「国が何か頼みに来たときには、しっかり将来の利権を貰《もら》っておけというのが、うちの父親からの遺言だ」

登坂は蒸気を吐きながら、外の景色に目をやった。赤坂サカスが見える。蒸気はミントの香りがした。ヤクザのくせに……ミントかよ。

「カジノ開設の件ですが、関東は東京、横浜どちらも認められる方向です。お台場とみなとみらいです」

おおむねその方向で進んでいるのは事実だ。

他に大阪の夢洲《ゆめしま》、長崎の佐世保《させぼ》などが有望だ。いずれも港に隣接している場所を候補に立てているのは、大型クルーズ船による外国人観光客の大量導入が見込めるからだ。

「横浜のほうは須藤が仕切るんだろう。あっちの勢力が増すのは困る。国も均衡をはかってくれないとな……」

横浜ベイスター商会の会長、須藤辰雄のことだ。登坂と須藤は積年のライバルである。いずれも堅気の仮面をかぶった与党ヤクザだ。

「横浜は須藤さん経由でマカオの資本を、お台場は登坂さん経由でラスベガスの資本というのが、基本ラインのようです。もっとも私たちは、立場上情報を得ているだけで、行政には何の権限もありませんが……」

藤倉は揺さぶった。

女性秘書がコーヒーを運んできた。藤倉と浅田美穂の前にだけ出す。登坂には栄養ドリンクを渡している。

登坂は喉を鳴らしながら栄養剤を飲んだ。

「ヤクザが安心して働けるのも、自由主義の国家があってのことだ。侵略されたら、売春業も賭博《とばく》もなくなっちまうよなぁ」

登坂興業は現在、東京都内でキャバクラ、ホストクラブ、ゲームセンターを多数経営している。表向き正業だ。だがそれらの店はいずれも売春や不法賭博の温床となっていた。だが逆に覚醒剤犯罪者が紛れ込んでくると、確実に警察に通報してくる。そこが与党ヤクザたるゆえんだ。

「博多の件、わかりますか」

「やったのは天神連合というクソガキ集団だ。背後に地元の組はついていない。実行犯の男には妙な女がついているそうだ」

やはり登坂はアンダーグランドの情報には精通していた。

「女？」

「うちの系列の組が調べたところでは、ハプニングバーを経営している女だそうだ」

「ハプニングバー？」

隣に座っていた美穂が「それって何？」という顔した。

「バーだが、客同士が盛り上がれば、セックスをしてしまうという店だ。あくまでもハプニングでそうなったことにしているが、店に行く男も女も、やることを目的にしている。匿名性《とくめい》が高く、個人情報管理がしっかりしているところほど高級店といわれている」

藤倉は消防士時代、下北沢《しもきたざわ》と三軒茶屋《さんげんぢゃや》のハプニングバーに二度ほど行ったことがある。防火設備の抜き打ち検査だった。

夜の九時ころに立ち入って驚いた。店内のあちこちで乱交が行われていたのだ。しかし、消防署には公然猥褻《わいせつ》物陳列罪を取締る権限はない。

スプリンクラーが正常に作動し、退避路も万全な状態を見届けて、すごすごと帰ってこざるを得なかった。

店長は客たちに「これもハプニングのひとつです」などと抜かしていたものだ。もちろんすぐに警察に通報したが、刑事が出向いたときには、閉店となっていた。

「ハプニングバーの女は強奪を指揮したとでも」

藤倉はそのときの光景を思い浮かべただけで、股間《こかん》が硬直するのを覚えた。美穂の手前まずい。さりげなく股間の上にタブレットを載せた。

「いや、その女は、裏金融の連中からつなぎ融資の女王と呼ばれているそうだ」

「つなぎ融資の女王？」

「あぁ、要するに、金集めの口実だ。出資者募集系の詐欺《さぎ》というのは、名目はなんでもいいのさ。つなぎ融資でも、未公開株の取得でも、海外不動産の運用でもなんでもいいんだ。その時々の時代背景をうまく使って、手を変え、品を変え、うまく演出するんだ。とにかく高利回りの口実があればいい」

「まるで安手の警察小説みたいですね……」

美穂が言った。

「その通りだ。M資金詐欺なんていうのは、俺たちの世界じゃ永遠のベストセラーだ」

犯罪のプロはにやりと笑った。

「うまい出資話なんてあるわけないのに、なんで同じコンセプトの手口にみんな嵌《はま》るんでしょう」

「あんたら、公務員や勤め人には、そう思うだろうが、企業主、とりわけ個人企業主は必死なんだ。低い金利では資産は目減りするばかりだ。日銀のゼロ金利はねぇだろうよ。そうそう設備投資に回せるってもんじゃない。それでストックしていれば、今度は税金だ。小金を持っている連中にとっては、多少胡散《うさん》臭い話でも、うまく運用してくれそうな話なら、乗りたくなる」

ヤクザぐらい心理学に長《た》けている連中はいない。登坂の話はまさにそれを地で行く。登坂が続けた。

「しかし募った金を裏運用して、勝ち続けていれば問題ないが、だいたい負けが込むときというのがやってくる。そのときが問題だ……怖い筋の客だっているだろう。俺たちみたいに知っていてわざと突っ込む連中もいる」

登坂の目の奥が光った。

「つなぎ融資の女王は資金ショートを起こしたと」

「ちげぇねぇ」

「そのバーの名前、わかりますか」

「教えてもいいが、将来のカジノ利権だけじゃ合わない。もっと直近の具体的な見返りが欲しい」

登坂が再び電子煙草を吹かした。ミントの匂いが会長室に充満する。

予定外の要求だった。

「私が局長に聞いてきます」

美穂がスマホを持って立ち上がった。一度ビルの外に出て、電話で相談する気らしい。任せた。

美穂が退室すると、登坂がリラックスした口調になった。

「両国の爺さんは元気かね」

藤倉の祖父のことを指している。藤倉太助《たすけ》。九十三歳の現役鳶《とび》職人である。

藤倉家は江戸の昔から火消しの家系である。その昔、鳶と火消しは兼業で、さらに言えば、極道の一派であった。

藤倉家は代々火消しの家系である。大正生まれの祖父が鳶の最後で、父からは消防士になった。

「爺さん、もとは、極道だろう。仲間じゃねぇか」

登坂が言い出した。親しみのある眼だ。

「火消しのルーツは極道でも、明治以降は正業ですが……」

「うちのオヤジとあんたの爺さんは、戦後の混乱期に、日本人を守るために手を組んでいたんだってな」

その話は太助からも聞かされていた。

警察権が弱体化していた占領下の日本で、町の治安を維持するために、愚連隊を率《ひき》いていた登坂の父親と鳶の頭《かしら》だった藤倉の祖父は、合同で自警団を結成し、上野や新橋《しんばし》の闇市の防衛に当たっていたのだ。にわかに戦勝国民となった在日外国人たちが横暴を極めていた時代だったという。

「似た状況がまた起こったってことだな。久しぶりにＶＳＯＰだ」

「ブランデーですか」

「あほ、ベリー・スペシャル・ワンタイム・パフォーマンスだ」

「一回こっきりのコラボですね」

「そうだ……あんたが来たなら、しょうがねぇ。両国の爺さんの顔を立てて、協力してやる。とくに条件はない」

登坂がようやく本音を言った。そこへ美穂が戻ってきた。

「局長が一億八千万円お支払いするというのですが、どうでしょう」

「そりゃまた、半端な金額だな……まぁゼロよりましだ。受けてやる。中洲のパイプラインというバーに潜り込め。なんかあったときには、うちの系列でサポートしてやる」

藤倉は深々と頭を下げて、登坂興業を後にした。堅気の企業を装っていても、やはりバリバリのヤクザだった。だが与党ヤクザとは、実に役に立つヤクザだ。

5

午後四時。六本木《ろっぽんぎ》。バー「モア・バブル」。

店はまだ開店していない。

近藤俊彦《こんどうとしひこ》は檜《ひのき》のバーカウンターを背に、歓喜の声を上げた。

「んんんっ、いいいっ」

破裂しそうなほどに膨《ふく》らんだ陰茎は、いま清水由梨枝《しみずゆりえ》の口中に収められている。床にしゃがんだ由梨枝が唇を窄《すぼ》め、顔を前後させていた。ぬぽっ、ぬぽっ。

板張りの床に脱いだジーンズとトランクスが散らかっている。上半身だけは、黒のTシャツを着たままだ。

「早く出してくれ。とにかく出さないことには気持ちが収まらない」

「はいっ」

由梨枝はそう答えると、肉杭の根元を人差し指と親指で作った輪でしっかり押さえこみ、口腔内に収めたままの亀頭の裏側に舌を這《は》わせてきた。

じゅるり、じゅるり。分厚い舌腹で責め立てられる。それでもまだ刺激が足りない。

「んんんっ。唇をもっと強く締めつけてくれ」

近藤は両手を伸ばし、由梨枝の頭を押さえつけた。

「もっと、きつく舐めてくれ。手扱《しご》きも併《あわ》せろ。棹をもっと、ぎゅっ、と握るんだ」

声を荒らげた。気持ちの昂ぶりがそのまま肉茎に現れていた。

「は、はいっ」

亀頭を口に含んだまま、由梨枝が頷《うなず》き、肉茎を握った右手に圧力を加えてきた。肉幹の中を精汁が駆け上がるのがわかる。だが、まだしぶきはしない。

「おぉっ、もっと、もっと、きつく……棹を握りつぶせ」

目を閉じると、三時間前の光景が目に浮かぶ。

銀座二丁目の津川貴金属本店の前で、二億円の現金を強奪したのだ。その興奮からいまだに醒《さ》めていない。

「由梨枝、脱げっ。乳房を出せっ、スカートも捲《めく》って見せろ」

「はいっ」

由梨枝は命令すればなんでもやる女だ。近藤が一年掛けてそういうふうに仕上げたのだ。もう二十三歳だというのに少女趣味のフリルの付いた白いブラウスを着ていた。それに灰色のロングスカートだ。

亀頭を舐めながら、右手で近藤の棹を扱いているので、ブラウスのボタンは左手で開けている。ぎこちない。

近藤は苛立《いらだ》った。

現金強奪直後だけに、まだ身体の震えが止まらない。

まさかとは思うのだが、スクーターに乗った女ふたりに追跡されたような気がしてならない。あまりにも飛び出すタイミングが見事だった。

近藤は頭を何度も振った。

いや、そんなはずはない。捜査員が乗るには小洒落《こじゃれ》たスクーターだった。警視庁の人間だったらバイクなはずだ。スクーターはない。

テロリストに恐怖感は禁物だ。近藤は弱気を振り払った。

逃走は完璧だったはずだ。

多くの目撃者がいたが、作業着姿しか見られていない。頭にはタオルも巻いていたし、マスクもしていたのだ。

近藤と協力してくれた男たちは、京橋駅のトイレに飛びこみ、そこですぐに作業服を脱いだ。全員、その下はビジネススーツだった。

ニッカボッカと作業用のジャンパーを個室で脱ぐ。

個室がノックされた。

三回と一回。別な協力者ふたりだ。

扉を開けるとそのふたりはトランクを二個ずつ持って立っていた。彼らも同じようなビジネススーツを着ている。空のトランクだ。

近藤以外のふたりがトランクを受け取る。三人分のニッカボッカと作業ジャンパーは空のトランク二個に収められた。

どのトランクにも黒のカバーをかけた。どれにも旅行会社のマークが入っている。

トランクを二個ずつ持った三人は揃って、トイレを出た。

作業服からビジネススーツの落差は大きい。しかもこの辺りはスーツ姿の人間ばかりだ。揃いのトランクカバーを持ったスーツの男三人。どう見ても帰国したばかりのビジネスマンだろう。

この時間を稼ぐために、さらに五十人の協力者を使った。改札前の狭い構内を、五十人もの中国人団体客に占拠させたのだ。

つまり囲いだ。

団体客がのろのろと銀座方面への階段を上《のぼ》っていく隙《すき》に、ビジネススーツに着替えた自分たちは、立ち往生している本物のビジネスマンたちに紛れ込んだ。

金が入っているトランク二個は近藤が引いた。

通路に出ると近藤たち三人を取り囲むように、さらに五人ぐらいの男が囲んでくれた。いずれも似たようなトランクを提《さ》げている。これも協力者たちだ。

博多の強奪者たちの演出が参考になった。盗んだトランクを多くのトランクの中に隠す。木は林に、林は森に……。

近藤たち「八人」は日本橋側の出口から地上に戻った。三番出口。東京スクエアガーデンの前に出た。

銀座方面からはサイレンの音などは聞こえてこなかった。

逆に不気味であったが、マカオからの情報通り、あのジジイたちも堅気ではないのだろう。騒ぎたてられると、むしろ困る連中のようだ。

マカオから貰った情報は完璧だったと言える。

八人は東京スクエアガーデンの前で、あえて会釈《えしゃく》をし、手を振り合い、ばらばらに帰った。

まったく空のトランクを持った協力者が、再度京橋駅に降りて、地下鉄で帰った。

ニッカボッカと作業服を詰めたトランクを持った男は、あえて日本橋方面に歩いて行った。そのままビジネスホテルに泊まって、明日帰る。

犯行時に着用した衣類は、部屋で断裁しゴミ袋に詰め、明日路上に清掃車が回って来るタイミングで直接出すことにしていた。

清掃車の中に投げ込んでしまえば、さらに粉砕されてしまう。完璧なる証拠隠滅だ。

近藤と囮の五人はタクシーに乗った。あえて浅草《あさくさ》に向かった。六本木とは真逆だ。浅草《せんそう》寺《じ》前で降りる。タクシードライバーの印象はあくまでも浅草だ。

雷門《かみなりもん》通りに観光バスがいくつも並んでいた。

舗道はバスから降りる客、別なバスに乗る客でごった返していた。マイクロバスも数台いた。人波に紛れた近藤はその一台に乗り込んだ。偽装観光バスだ。絶大な協力者がここに用意してくれている。車内には誰も乗っていない。キーは挿《さ》し込まれたままだ。

近藤は座席に置かれたドライバーの制服に着替えた。帽子も被る。立派な運転手だ。

バスを発車させた。誰の目にも客を降ろしたマイクロバスが、退却していくようにしか見えない。一般道を通って、六本木に戻った。

いずれ発見されるとしても、そうとうに時が稼げるはずだ。発見する前に、東京は混乱に陥る。そう信じる……。


「由梨枝っ、何をやっているんだ。ボタンなんか引きちぎってしまえっ」

「はいっ」

由梨枝は頰を引き攣《つ》らせた。それが普段よりも何十倍もセクシーに見えた。

罵倒され、命じられるほど艶《つや》の出る女である。

由梨枝はカルト系宗教団体に入っている女だ。二年前に六本木交差点にある老舗《しにせ》洋菓子店の前で、声をかけられた。

一発で勧誘とわかったが、近藤はあえて話を聞くことにした。

由梨枝は、安堵《あんど》の表情を浮かべ、熱心に宇宙の摂理《せつり》と人間の運命について語りだしたが、教えられた通りに喋《しゃべ》っているのが歴然だった。

まだ入信して日が浅いと踏んだ。

こういう女がお誂《あつら》え向きなのだ。

近藤はひたすら興味のある顔をして聞いた。翌日、改めて会うことにした。

待ち合わせのオープンカフェに由梨枝は上級信者を連れてきた。中年の女だった。その女が勧誘の熟練らしい。

中年の女がアイスティを頼んだので、一緒に運ばれてきたガムシロップを、瞬間技で「シベリアシロップ」とすり替えた。

アイスティに混ぜるガムシロップのカップに注射器で二グラム程度のアンフェタミンを混ぜたものだ。

近頃六本木で、ロシアマフィアが大量に捌《さば》いている。

北からも覚醒剤は調達できるが、北同士で接触すると、日本の公安や組対に面が割れ、挙句《あげく》にこちらの動きを監視される恐れがあったので、あえてクラブで知り合ったロシアマフィアから買った。

中年女はすぐに飛んだ。突然多幸感に包まれたようで、目が蕩《とろ》けていた。

そこで近藤はその宗教団体の教祖とは違う、宇宙の摂理とふたりの運命を説いた。三十分ほどで、近藤はふたりの神に昇進した。

ノースゼロではこれをマインドコントロールの上書きという。

一度宗教に嵌った人間は、神が変われば、またその僕《しもべ》となる。何度も詐欺にかかる人種と同じだ。

中年女と由梨枝を突破口に、近藤は宗教団体「幸せの法則」から十人以上の信者を横取りしている。あえて脱退させる必要などない。ダブルスパイとして操り、いずれ教団ごと乗っ取ればいいのだ。

由梨枝は神の言うことを懸命に聞いてくれる。

ようやく開いたブラウスの狭間から、ベージュのブラジャーが見える。

「両手を使っていい。早くブラカップも取れ」

「はいっ」

由梨枝が背中に手を回し、ホックを外した。ブラカップが前に垂れ、こんもりした乳丘がこぼれ落ちてくる。あずき色の乳首は小粒だ。乳暈《にゅううん》はぶつぶつと粟立《あわだ》っていた。

由梨枝は両手をふたたび近藤の股間に戻してきた。右手で肉の根元を握り、左手は皺玉《しわたま》に添えられている。

フェラチオのラストスパートには、いつも、しゃぶり、手扱き、に加えて、玉袋を押させていた。玉袋をポンプで押すように押させて、しぶかせるのだ。

金玉が潰《つぶ》れるのではないかと思うスリルがある。破滅することを求めている近藤には、このスリルがたまらなかった。

しかし今日はより刺激が欲しかった。もっと激しい刺激だ。この瞬間に自爆してしまうほど狂おしい刺激だ。

「手は要らない。唇だけ、絶対に離すな」

「はい……手はいいんですか……」

由梨枝は咥《くわ》えたまま言っている。跳《は》ね上がった舌が、棹の下側を不規則に舐めた。

「いい。その代わり、スカートをたくし上げろ。ちゃんと脱いでいるだろうな」

「だからロングスカートにしています」

自分と会う際には常にノーパンで来るように命じている。

「見せろ」

「……」

由梨枝が泣きそうな顔になった。

どんなに荒々しく扱われても、抵抗しない由梨枝だが、自分から見せるのだけは、いつも恥じらう。

「いやなら、帰れ」

「いやっ」

由梨枝はあわててスカートをたくし上げた。膝立ちの格好のまま、スカートの裾を脇の下の辺りまで持ち上げている。

可憐なだけに、とても卑猥《ひわい》なポーズに見える。

両腿はピッタリと閉じられたままだ。陰毛が見えた。白い肌と対照的な漆黒の茂りだ。

「ちゃんと股を開け……」

陰茎を少しだけ前後させながら伝えた。

由梨枝は瞑目《めいもく》し、もじもじしている。口にはきちんと肉茎を挟んでいるが、舌の動きは、一時的に止められていた。

近藤は肉茎を引き抜こうとした。これで終わりの意味だ。

あわてた由梨枝が目を大きく見開き、太腿を左右に、くわっ、と離した。

股の基底部から糸を引くように蜜玉が、ひとつ、ふたつ、と床に垂れて落ちてくる。

ぴちゃっ。濡れた床から、メスの発情臭が立ち上がってきた。

「おっぱいを揉んで、アソコの穴を指で掻き回せ。激しくやるんだぞ」

咥えたままの由梨枝がコクリと頷いた。

「死んでも、唇を開くな。俺が抜くまで、結んでいろ」

近藤は由梨枝の両耳を塞ぐように手を被せた。頭蓋《ずがい》が軽く感じられる。

次の瞬間、激しく腰を押した。

「んんんんんっ」

由梨枝は声すら出せずにいる。それもそのはず、硬直した亀頭は、一気に咽頭《いんとう》の奥の奥まで侵入していた。柔らかい喉穴の隙間に鰓《えら》が引っ掛かっていた。固ゆで卵のような亀頭が喉に圧縮される心地よさに、近藤は酔った。

「おまえは、オナニーしろっ。昇《い》くまで、やるんだ」

命じた直後に由梨枝の小さな頭蓋を揺さぶった。シェーカーを振るときと同じような速度で、揺さぶった。

「んんんわっ、ひっ」

亀頭を咽頭の狭間に擦《こす》り付けた。ぬるぬるしていて、しかも淫層とは違う圧迫感があった。何よりも、まじかに引き攣る女の顔があるのがいい。

「あふっ、ひっ、ぬわっ」

由梨枝は悲喜こもごもの声を上げながら、命じられた通り、左手で乳房を揉みしだき、右手で膣中を掻き回していた。

左手は乳房のふもとから先端にかけて絞るように揉んでいる。小さな乳粒が、ビンビンに尖《とが》っている。激しい振動に上半身も揺れている。乳首がはじけ飛びそうに見えた。

「穴を掻き回せ。ほらこんな具合だ」

近藤は円を描くように腰を回した。亀頭がヘリコプターのように大回転して喉穴が大きく開かれる。

「くぅう、んはっ」

由梨枝の顔が歪《ゆが》んだ。顔を歪ませつつも、股間に収めた指を同じように回転させている。

「んんぁああああ」

泣き叫ぶような声を上げた。近藤はさらに、喉の粘膜を蹂躙《じゅうりん》するように、亀頭で抉《えぐ》った。

「んわっ、んわっ、んわっ」

由梨枝が嘔吐《えず》いた。喉穴が収縮した。亀頭が強烈に締め付けられる。予期せぬタイミングで亀頭が淫爆《いんばく》を起こした。

「おぉおおおお」

溜まっていた不安のような塊《かたまり》が、精子の汁玉となって飛び出した。しゅぱっ。汁玉が連続して飛び出す、しゅぱっ、しゅぱっ。そのたびに由梨枝はガクガクと顎《あご》を引いた。

「いぃいいいいい」

つづいて由梨枝も叫んだ。今度は腰をがくがくと振っている、股間から飛び散った白濁液が左右の内腿をびっしょり濡らしていた。まるで精子を撒いたような光景だった。

近藤は果てた。ゆっくりと亀頭を喉から抜いた。

「はぁあああ～」

由梨枝が思い切り息を吸い込んだと思った瞬間、背中から床に落ちた。股間の基底部が上を向いた。捩《よじ》れた肉襞《にくひだ》の隙間から、まだ白い液が垂れている。中出しされた精子を戻しているように見えるが、あれは紛れもなく女の白蜜だ。

「そのままでいろ。電話を一本したら、今度は本当の挿入をしてやる」

「……」

由梨枝が呆然と天井を見上げていた。

仰向けに寝ている由梨枝を跨《また》いで、丸テーブルの上にあるスマホを取りに向かった。

ほんのわずかだが、由梨枝の鼻の孔に白い液があるのを見た。咽頭は下方が食道、上方は鼻腔《びこう》に繋《つな》がっていることがよく理解できた。あまり知らなかったことだ。

ゴールドに電話を入れた。

「ヘブンです。火薬の代金は手に入れました。取引を実行します」

『お疲れさまでした。それでは予定通りの日に決行しましょう。ここからは、もうだれの指示も受けません。日本独自で進みます。そのほうが指示系統が見えなくなる』

「わかりました。もはや結果を残すことだけが、使命だと……」

『そうです』

ゴールドどの会話は短いほうがいい。すぐに切った。

そのまま由梨枝の上に重なり、挿入した。

「あぁあああああ」

由梨枝が大声を張り上げた。間違いなく歓喜の声だった。

「どこが気持ちいい」

確認した。

「おまんこです」

声が出るので安心した。

近藤はそのまま尻を振り続けた。

テロ決行へのカウントダウンが始まったのだ。そのまえに、擦れるだけ擦っておきたい。

この三年間でさまざまな連中を支配下に置いてきた。カルトに嵌った信者の次に落としやすかったのはアイドルオタクだ。狂信的な点では同じだ。

明日からは支配下に置いた人間たちすべてをフル稼働させねばならない。

そして、いよいよこの近藤俊彦という名にも別れを告げることになる。ヘブンとして生き残れるかどうか、わからない。

実在の近藤俊彦という人間は、いまは文京和《ムンギョンファ》という名になり平壌の工作員養成所で日本語教師としてのんびり暮らしているはずだ。

お互い、二度と祖国の土を踏むことはないだろう。

そんなことを考えながら、近藤は由梨枝の淫穴を穿《うが》ち続けた。

第三ステージ　恐喝《きょうかつ》

1

七月十日。熊本。利益町。今日は日差しが強い。窓から見える草原が眩《まぶ》しく見えるほどだ。

杉本淳子の手元でスマホが鳴った。液晶に電話発信者の名前が浮かぶ。

〈西園《にしぞの》・東京〉

出資者のひとり西園久留美《くるみ》だ。四十三歳の美熟女で、東京で旅行会社を経営している。社名は自分の名前をもじってクルミン。ちなみに独身だ。

格安ツアーが専門で、大学生に人気がある。

だが、淳子は咄嗟《とっさ》に面倒くさい、と思った。

たかだか二千万円ほどしか出資していないくせに、利息の支払いが、三日滞《とどこお》ったというだけで、昨日から喚《わめ》きたててきているのだ。

ここで縁を切ってしまおうかとも思ったが、よく考えるとこの女はまだ最後に使い道が残っていた。いざというときに、旅行会社は貴重だ。

淳子はスマホを耳に当て、受信した。

「こんにちは。久留美さん、ごめんなさいね。今月は振込先が多くて、ちょっと遅れちゃった。でもいまから振り込むわ。約束通りの年利二十五パーセント……」

五百万ぐらいの出費は仕方がない。

大口出資者の口を封じるためにも、ここは振り込んでおこう。スマホを耳に当てながら、淳子はローテーブルの上にタブレットを置いた。電子決済のアイコンをタップする。

そのとき、久留美が予想外のことを言いだした。

「ちょっと待ってください淳子さん。私、いま熊本に来ているの。直接お会いしたいんですけど」

いやな予感がした。客がこういうことを言いだすときは、だいたい相場が決まっている。案の定だった。

「ちょっと本業がピンチになって、元金ごと下ろしたいんですよ」

「そんなことを急に言われても、困りますよ。元金は運用中なんですから……最初にちゃんと言いましたよね。元金を取り崩すときは三ケ月前に告知してくださいって……」

淳子はスマホを耳に当てながら、片眉を吊り上げた。

「わかっています。でも、とにかく今週中にまとまったお金が必要なんです。ルール違反なら利息は要りません。その代わり、いますぐ二千万円を返却してください」

金に忙しくなった人間はとにかく目先のことしか考えないものだ。どう対処するか。淳子は西園久留美をあまり刺激しないように、優しい口調で問い質《ただ》した。

「急に必要になったたって、手形が落ちないということかしら」

それならば、見捨てる手もある。出資された金は、帳簿記載されていない可能性が高い。そうなれば誰の金でもなくなる。淳子はタップしようとしていた指を止めた。

利息も値切るに限る。死に金を提供するほど、ツキを落とす行為はない。

「いいえ淳子さん、そうじゃありません。クルミンは利鞘《りざや》こそ薄いけれども手堅くやっています。今回は私のほうで、緊急投資が必要になったんです……」

久留美が言って、そこで口を噤《つぐ》んだ。

バツが悪そうにため息を漏らしている。これは乗り換えだ。

スマホを握る淳子の手に緊張が走った。

素人ほど、うまい話に乗りやすい。しかもたいして元手もないくせに、よりうまい話に、ころころ乗り換えようとする。

そしてさらに都合が悪いことに、こういうときには、すでにこの女を背後で操っている人間がいるということだ。

「とにかく、急ぐんです。いま淳子さんのお宅に向かってタクシーを飛ばしていますから。そちらなら現金ありますよね」

昨年、この邸《やしき》に上がったことのある久留美は、金庫の存在を知っていた。いよいよ面倒くさいことになった。

出資者を安心させるために、募《つの》る際には常に自宅の隠し金庫の中にある数億もの札束を見せて、いかに運用に成功しているか説得していたのだ。

ここに上がって喚かれても困る。脳の片隅に、綾野を呼んで逆に恫喝《どうかつ》させることも浮かべた。まだ早いような気もする。

「それって、どんな投資かしら……出資法に違反していたりすると、あとあと面倒ですよ」

自分の商法を棚にあげて、淳子は揺さぶりに出た。

「単純な投資ではありません。クルミンの事業領域を広げるために、お台場にお店を出すんです。トラベルカフェです」

淳子はおやっ、と思った。本業の拡大とは驚いた。これは説得の仕方によっては、さらに出資させるチャンスかもしれない。

欲のハードルを少しだけ上げてやるのだ。

「あら、飲食業経営なら、私もやっているのよ。せっかくだから詳しい話を聞かせていただくわ」

「はい。お台場の海浜公園沿いのショッピングモールにちょうどいい物件が出たので、早く手付を打ちたくて……人気のある物件ですから、権利金の手付を打ったもの勝ちで……とにかくあと一時間ほどでそちらに到着しますから……」

久留美はまくし立てた。自分の夢に酔っている人間の声だ。こういう人間は釣りやすい。淳子はさっそくボディブローを入れた。

「そうですか。久留美さんの本業のこととあれば、これはご協力をしなくてはなりませんね。ただし、私のほうの事情もご説明しますので、それも聞いてください」

「わかりました。たぶん一時間ほどで、伺えると思います」

急ぐ金ほど、焦《じ》らすのが一番だ。

詐欺《さぎ》という仕事は、段取り八分でアドリブ二分だ。

段取りとして、淳子はまず、リモコンで書架を開けた。回転ベッドの背後にある金庫に歩み寄る。

開けた。合計五億あった。二百万円だけを残して、残りを全部取り出し、紙袋に入れた。

面倒くさいが、誰も知らない地下室の本金庫に札束を移動させておく。

ひとりでやったので、全身汗まみれになった。ちょうどいい、久留美が来る前にシャワーを浴びて、麝香《じやこう》の香水を纏《まと》っておこう。

この先はアドリブだ。詐欺の神様が見守ってくれることを祈るしかない。

2

「久留美さんのバストって、とても大きいんですね」

淳子は開口一番はぐらかすように言った。

「いやだ、淳子さん、どこを見ているんですか……それに、なんだか私、目のやり場にこまります」

応接間に入って来たばかりの西園久留美が、いきなり顔を赤らめた。ふっくらとした顔立ちの美熟女だ。ロイヤルブルーのツーピースを着ていたが、身体中のボタンがはち切れそうな感じに見える。むっちりタイプだ。

淳子はピチピチの白Tシャツとピンクのショートパンツで出迎えていた。三十六歳の美肌のほとんどが露出しているような格好だ。

「ごめんなさい。私、ビジネスモードじゃないときは、いつもこんな感じなの」

ノーブラのバストを揺すりながら笑った。乳首は完全に透けて見えている。

お互いローテーブルを挟んだソファに座り、対面した。

「早速ですが、先ほど話した件ですけど……」

久留美がきりだしてきた。

「久しぶりに会ったのに、いきなりビジネスですか……久留美さんも野暮《やぼ》ですねぇ」

はぐらかす。もう駆け引きは始まっているのだ。まずは徐々に情報を引き出そう。

「夕方六時の便には乗りたいんです」

帰りたい時間がわかった。

「あら、泊まっていくんじゃないんですか……」

淳子はことさら驚いた顔をした。

「いえ、戻ってすぐに、共同経営者と、打ち合わせがあるんです」

「あら、単独資本じゃないんですね」

もう少し詳しいことを聞き出したい。

「ええ、六本木でバーをやっている人と共同出資です」

男か……しかも六本木でバーをやっている男。釣られている匂いが強烈にする。

「おいくつぐらいの方かしら……」

淳子は視線を直接、久留美に向けずに聞いた。探り出すときのコツである。重要なことほどさして興味のないような表情で聞く。

「三十二歳です。ちょうど私より一回り下。干支《えと》が同じなんです」

久留美の目が一際《ひときわ》輝いた。恋する瞳だ。

そういうことか……。

ひたすら仕事にのめり込んで来た。四十四歳の独身女が、嵌《はま》りやすいもの……それは宗教と男だ。

どちらも心の渇きに付け込む魔物だ。

そう言えば、久留美は最初に会ったとき、もう脱会はしているが、かつて、怪しげな新興宗教にのめり込んでいた時期があったと笑顔で言っていた。

会社を経営していると、自分自身の考えだけでは不安になるものだ。よりどころが欲しくなる。それが宗教だったり、現在の本業とは無縁の異性の言葉だったりする。

「なるほど……飲食店の経験のある方がパートナーだと安心ですね……」

「というより、その方が物件を見つけてきたんです」

これは間違いない。目の前にいる西園久留美は、宗教から解脱《げだつ》した代わりに、今度は男に嵌っている。

このままだといずれ全財産巻き上げられることになる。

そうなる前に……。

淳子は先手を打つことにした。

「ねぇ、二週間で、もっと荒稼ぎしてしまわない。元金の二千万円、倍に出来ちゃうかも」

「えっ？　二週間で、ですか……」

「そう、とてもいいつなぎ融資の話がきているのよ。四千万になるわ」

「……」

久留美が考え込んだ。たぶん、早く金が欲しいと言っている男の顔を思い浮かべているのだ。

こういうときは……。

「共同経営者を試してみたら？」

と聞くのに限る。続けた。

「二週間も待てない、っていう相手なら、少し疑問だわ。たかが二千万円でしょう。ちょっと間を入れるのよ。男心を読むのと一緒よ」

最後のワンフレーズに力を込めた。

「男心……」

久留美は歌うように復唱した。

「少しは駆け引きしてみたら、どうでしょう……」

淳子はここで立ち上がった。動くことで、身体中に纏った麝香の香水の威力を発揮させる。さらに儲《もう》けへの意欲も掻き立てさせなければならない。

「つなぎ融資の相手先は、初芝《はつしば》電機よ。知っているわよね……いまどんな状態か……」

新聞記事で話題になっている企業名を挙げた。家電はもちろん原発まで手掛ける日本有数の名門企業だが、昨年粉飾《ふんしょく》決算が発覚した。経営陣を入れ替え、改革断行中だが、この三月の期末決算に於いて、監査法人からお墨付きを得られないまま、決算報告書を提出したことが大きく報じられていた。

「えっ……知っています。上場廃止の可能性も取りざたされていますよね……」

久留美が驚いた顔をする。大きく息を吸い込んだ。麝香が彼女の鼻孔《びこう》に入り込んでいく。

「そうなんです。ですから、現在、初芝は銀行も追加融資にストップをかけるし、株価は下落《げらく》しっぱなしなので、市場からの調達もままならない状態です。だから私のような人間が、いま調達に駆け回っているんです」

詐欺の要諦は『見てきたような嘘をつく』である。それと虚言が大きければ大きいほど、相手は確認の取りようがない。

ここで、淳子はリモコンのスイッチを押した。書架が開く。回転ベッドと大金庫が現れる。

久留美は去年、出資するときもこの金庫を見ているのだ。

「いまあの中、空っぽ状態です」

淳子は金庫に歩み寄り、開けて見せた。

「まぁ」

百万円の札束が、ふたつしかないのを見て、久留美は絶句した。

「先週まで、去年来たとき、久留美さんがご覧になったように、二十億は入っていました。常時そのぐらいを回転させていますからね。それがいま、一時的に初芝に渡っています」

「そんな、大丈夫なんですか……もし回収出来なかったら……」

久留美が蒼ざめた。

「私たち、つなぎ融資のプロは、回収のあてのない融資なんかしません。百パーセントの安全性のあるものだけに、短期融資して、五十パーセントの利息で回収するのです」

大見得《おおみえ》を切った。どこにそんな話がある？　私が聞きたい。

「本当ですかっ」

嘘に決まっている。が淳子は、さらに慎重に言葉を重ねた。

「あれだけの大企業ですよ。もし潰《つぶ》れたら、日本企業の国際的な信用がガタ落ちになるじゃないですか。それでは、いまようやく上げ潮に乗り始めようとしている日本経済に冷水をかけることになります。間もなく政府は手を打ってきます」

ありえない。初芝は、銀行でも、日本を代表する航空会社でもない。一介の民間企業だ。公的資金の注入はない。

しかし淳子は言い切った。

「そうに決まっているじゃないですか。天下の初芝ですよ。国が潰すわけがないじゃないですか」

「で、ですよね……」

久留美が微笑《ほほえ》みを浮かべて、みずからを説得させるように頷《うなず》いた。

「もちろん、初芝に融資しているのは、私だけじゃありません。つなぎ融資の専門家は全国に二十人ぐらいいます」

適当なことを言った。幻惑するには、言葉をつづけることだ。

「一致協力して都合五百億円ぐらいの資金注入をしました。政府が決定を出すまで、おそらくあと二週間です。私には二十億が三十億になって戻ってきます、あぁそれとそういうわけですから、初芝は立ち直りますよ。株、急いで買ったほうがいいです。今週が底値です。私らはそっちでも儲けたいんで、すでに買い込んでいますけど……」

たたみかけた。

「本当でしょうか」

「本当です。二週間待っていただくためには、本当のことを伝えるしかありませんから」

一呼吸入れた。続ける。この間合いが大切だ。

「ただし、絶対に他言しないでくださいよ。このことを知っているのは全国のつなぎ融資専門業者だけです……他に知っているのは、久留美さんだけということになります」

心臓が早鐘を打つ。我ながら、あちこちに破綻《はたん》のある方便だと思う。しかしここまで来たら、もはや勢いに任せるしかない。

「ですから、ここで、久留美さんにも四千万の手形を切ります。二週間待っていただく延滞料と久留美さんの新規事業への御祝い金です」

そこまで言い切って、淳子は久留美の傍《かたわ》らに戻った。

「共同事業者の方に、相談なさってください。ただし、ここでお願いします。初芝のことを喋《しゃべ》られたら困ります」

「わ、わかりました」

久留美はスマホを取った。タップしている。淳子はしめたと思った。これで相手の男の電話番号を得ることができる。あとで履歴をチェックするのだ。

「もしもし……近藤さん……ええ、西園です。お台場の物件ですが、二週間待てますか？」

男が何か言っている。当然抵抗しているはずだ。早く持ってこいと言っているに違いない。

久留美は眉間《みけん》に皺《しわ》を寄せた。

「そうですか……はい、ええ、わかっています……そんなこと言わないでください……」

久留美の表情が哀しみに沈んでいく。男の怒鳴る声が聞こえる。想定内だ。

淳子は自分のタブレットにメモを打ち込み、久留美の目の前に翳《かざ》した。

「一回切ってください……その前に、二週間後なら、四千万円用意出来ると伝えてください」

賭《か》けだ。

詐欺も一か八かの勝負に出なければならないタイミングというのがある。これは、久留美を媒介にした、自分と電話の相手である近藤という男との駆け引きだ。

淳子は久留美の脇に座り、やにわに、彼女のバストを摑んだ。久留美はぎょっとした表情になり、総身をビクンと震わせた。驚きと戸惑いの坩堝《るつぼ》に落とす。

「あぁぁ、ちょっと待ってください。あぁああ、待って、待って」

送話口に向かって叫んでいた。淳子に向かって放った言葉なのだが、電話の相手は自分に向けられていると思っているはずだ。

そう、待って欲しいのだ。これは淳子の代弁になった。

淳子は久留美の巨乳をブラウスの上からぐいぐい揉《も》んだ。

さらに、耳元で、

「二週間後なら、四千万円調達できると、言ってください」

と囁《ささや》いた。

そんなことは言えないという目をした久留美のブラウスの襟《えり》から、手を滑り込ませた。

「はっ……」

久留美が息を飲んだ。肌はじっとり汗ばんでいた。

女が発情したとき特有の甘く猥褻《わいせつ》な香りが立ち上ってくる。

この女の脳は近藤という男の声を聞いただけで、発情するように調教されているのだ。

水商売の男なら、本人の知らないうちに薬物を使っている可能性もある。

淫剤か……。

淳子は、そのまま久留美のブラカップの内側に人差し指を挿《さ》しこんだ。こりっとした突起に当たる。巨峰のような大きさだ。

「あっ」

久留美が背筋を伸ばして、後頭部を背もたれに載せた。首に筋が浮かんで見えるのが、切なげで、セクシーだ。

耳に当てたスマホの中で、男が訝《いぶか》しがる声がする。

「早く、おっしゃらないとスカートの奥も弄《いじ》りますわよ……疑われてもいいんですか」

「えっ」

「一緒にいるのが女だと信じますでしょうか……」

乳首を摘まみあげた。豆を転がすように弄《もてあそ》ぶ。少し摘まんだ。

「あぁあああ」

久留美は嗚咽《おえつ》を漏らしながら、その声を抑えようと、手のひらを口に当てた。淳子はすかさず、もう一方の手で、スカートを捲《めく》った。太腿の付け根までが露わになった。股に張り付いていたシルキーホワイトのパンティの三角地帯が丸見えになる。

久留美が両頬を引き攣らせ、

「やめてっ」

と叫ぶ。

耳朶《じだ》とスマホの隙間《すきま》から「なんだ、誰がいるんだ?」という男の声が聞こえた。ドスの利《き》いた声だった。

この男が事実上の相手だ。

淳子はブラと股間に突っ込んだ手を休めず、女の快感ポイントを責め立てた。

「くぅ〜」

久留美が身悶《みもだ》えした。唇をきつく結び必死に声を抑えているが、口辺《こうへん》から泡のように、歓喜の声が漏れてくる。

男に聞かれ、淳子の存在がバレたら、すべてが水泡《すいほう》に帰《き》すかもしれない。

しかしここが勝負所だ。

淳子は休まず攻めた。久留美のぴっちり閉じられた股間に人差し指を挿しこみ、指を「く」の字に曲げて、割れ筋を擽《くすぐ》るように刺激してやった。

すぐにねちょ、ねちょ、になった。

久留美が激しく首を振り始める。

近藤に喘《あえ》ぎ声は聞かせられない。さりとて、一方的に電話を切る勇気もない。そんなところだろう。

とことん責め立ててやる。淫気《いんき》を充満させて、錯乱させてやるのだ。

「んんんんっ」

久留美が太腿を締め付け、淳子の人差し指に猛烈な圧力が加わってきたが、その圧迫に耐えながら、淳子は股布の縁を横に引いた。ぬらっ。股布が捲れて、薄桃色の秘裂が露見した。粘膜が薄く開いている。

その割れ目にじかに指を挟めた。くちゅ。

「あふっ」

一瞬にして久留美の身体から、力が抜けた。淳子は目で伝えた。挿入するわよ。久留美の目が恐怖と期待で強い光を増した。

乾いた唇を動かしながら、近藤に伝え始める。

「……二週間後に確実に落ちる手形を持って帰ります。その代わり四千万になるんです……」

淳子は久留美のもう一方の耳朶に唇を寄せた。スマホで塞《ふさ》がられていないほうの耳だ。

「そこで切って……大丈夫、これで彼の気持ちが試せるわ」

同時に蜜液を溢《あふ》れさせ始めている淫穴に、絡《から》み合わせた人差し指と中指を挿入させた。二本挿し。ぶちゅっ。

「はっ」

久留美はいきなりスマホを切った。すぐに目と口を大きく開いた。

「あぁあああああ、いいっ」

淳子が近藤から、久留美の気持ちを奪った瞬間だった。我ながら鮮やかなスチールだったと思う。

ここから約十分が本当の賭けになる。

近藤が電話を掛け直してこなければ、負けだ。

久留美の乾いた唇に、自分の濡れた唇を重ねた。舌を差しだし、絡みつかせる。しばらくの間、この女の脳内を支配し続けなければならない。

「あぁあ、こんなの初めて……女の人に舐《な》められるなんて……あっ、そんな、いやっ」

淳子は男の亀頭を舐める要領で、久留美の乳首を舐めてやっていた。

左右均等に吸い、舐め、潰す。これだけで久留美はのたうちまわった。巨大なバストとヒップを激しく揺すっている。回転するベッドが軋《きし》む。

淳子も真っ裸になっていた。久しぶりのLプレイ。自分も酔っていた。ふたりとも肌の色が桜色に染まり、汗を滲《にじ》ませている。その体をニシキヘビ同士のように絡め合った。

淳子が徹底して乳首だけを責め立てていると、久留美が自分の右手を、股間に運ぼうとした。粘処を触ろうとしている。

「だめっ」

その手首を摑む。

「いやっ、触りたいっ。おっぱいだけじゃ私、欲求不満っ」

久留美は手首に力を込めた。強引に割れ目に指を進めようとしている。

「だったら、触りっこしましょう」

「どういうこと……」

久留美が目を細めた。

「久留美さんが、私のここに、指を這わせて……」

と、淳子は彼女の手首を引き、自分の女の部分に誘導した。あえて途中でビロードのような黒陰毛に触れさせ、そのまま下方の泥濘《ぬかるみ》へと導いた。ぬちゃ。

「あっ……そんな」

久留美が人差し指の先端を強張《こわば》らせた。

「他の女のおまんちょは、はじめてですか」

「は、はじめて……」

久留美は顔を何度も縦に振った。

「私は、ときどき、やっています……だからちょっとベテラン……で私が、久留美さんのそこを……」

久留美の花園へと手を伸ばす。身体の前面で双方の腕が交差するような形になった。中心に触れた。

ぬるぬるしている。

「あんっ」

「触れたのも、はじめてですか」

久留美は、うんうんと顎《あご》を引くばかりで、言葉を失ってしまっている。

「これを近藤さんの指だと思って……」

言いながら指先をワイパーのように動かして、花びらを開いた。ぬるっ、ぬるっ。

「あぁああ、いやぁ、気持ちいいです」

「久留美さん、自分が触って欲しいポイントを、私のおまんちょに教えてください。私、触られたところを、そのまま返します……おまんちょ返しです」

淳子はあえて卑猥《ひわい》な言葉を並べ立てた。そのたびに、久留美が総身をヒクつかせている。

「さぁ、どこがいいですか……触ってください……」

双方、両手を相手の女陰に這わせたまま、見つめ合った。久留美の瞳は溶けて、呼吸は不規則になっていた。

「ねぇ、どこですか……」

久留美の指が物を言うのを待った。淳子の女粘膜も刺激を待ち焦《こ》がれて、波打ち始めていた。

「ここを……」

聞き取れないほど小さな声だった。言うなり目を瞑《つむ》る。うっ。予想通り、肉芽を、つんっ、と突いてきた。淳子のほうもくらくらとなった。

ふぅ、と淳子は一息入れ、倍返しをすることに決めた。久留美の肉芽を包皮《ほうひ》から剝《む》きだしてやるのだ。指先を器用に動かし、皮を剝く。

そっとやった。サヤエンドウから中身だけを取り出す要領だ。剝き出たようだ。視覚では捉えていないので、勘だ。きっと剝けて、皮の内側から、赤々とした尖りが、曝《さら》けだされているに違いない。人差し指と中指でアメーバーを拡げるように表皮を拡げ、いきなり肉芯の根元を、ぎゅっと挟み込んでやった。

「あぁあぁ」

久留美がベッドの上で、のけ反《ぞ》った。海から釣り上げられたばかりの大魚のように、のたうち始めた。それでも、淳子は肉の根元を離さない。そのまま、ぬるっ、ぬるっと上下に扱《しご》いた。男根を扱くのと同じようにだ。包茎から剝けた生クリトリスを、挟んだ二本の指の側面で擦《こす》る。久留美の両腿が小刻みに震え出し、短い肉芽がすぐにビンビンになった。

「あっ、はうっ」

久留美が極点に向かうように、眉根を寄せ始めた。呼吸も荒い。淳子は指の動きを緩《ゆる》めた。

すぐには昇《い》かせない。夢から醒ましてはならないのだ。

「ここだけで、いいんですか……」

淳子は、すでに興奮にのたうち、頭の上に上がっていた久留美の右手を、再び自分の満《まん》処《しょ》に導いた。

「おまんちょ、もっといろいろ、感じるところあるでしょう。久留美さんだって、ひとりエッチのときは、クリ専ですか……」

ゆっくり扱きながら、聞く。

「あぁ、あんっ。いやっ、そんなこと言わせないで」

「言わなくてもいいですよ。ここ、って指で教えていただければ……」

淳子は自分の尻を振りたてた。淫花二枚が久留美の指に絡みつく。

「あぁ……ここにも……ここにも指入れます」

久留美が淳子の秘孔に人差し指を、ほんの少しだけ挿し入れてきた。遠慮ぎみに第一関節までだけ、入れている。クリ扱きを受けているせいで、指先が、わなわなと震えていた。

「うぅうう」

思わず呻《うめ》いた。想定外の震えがいい。

しかし。ここも倍返しだ。孔《あな》入れ返し。

クリトリスを挟んでいた二本の指をいきなり外す。

「はぁ〜ん。いやっ」

久留美が腰を痙攣《けいれん》させたまま、息を詰めた。昇天への階段から、突き落とされた久留美が恨《うら》めし気な視線を向けてきた。いまこの女の脳内には絶頂への願望しかない。

「そんな目で見ないでください……いますぐ、いい気持ちにしてあげます」

久留美の秘孔の入り口を探し当て、人差し指を置いた。そこはごく自然に出来た泥濘になっている。

「あぁ、は、早く……」

虚《うつ》ろな目で懇願された。

「はい……久留美さん、びしょびしょですね……あぁ、い・や・ら・し・い……まんちょ」

言い終わらないうちに、指をぬぷぬぷと挿し込んだ。熟れた桃に、皮の上から指を突き立て押し込んだみたいな感触だった。人差し指の根元まで入れる。ピストンの原理で、花蜜が、ぶしゅっ、と溢れ出た。

「あぁあああああああああっ、いいいっ」

久留美は巨尻を持ち上げ、みずからグラインドさせせた。額とバストの谷間から、汗が飛び散り、股間からは蜜を飛ばしていた。

淳子は指を回転させせた。ヘリコプターフィンガー。膣層を拡大するように回転させる。

「あぁあああぁ、いくっ、いくっ、いくっ」

久留美は両手で頭を抱え、絶頂に誘《いざな》おうとしている。

淳子は指をいきなり止めた。快感蟻地獄へ落とすための鉄則だ。

「あぁ〜ん、いやぁ〜」

クリトリス責めに続いて、秘孔穿《うが》ちでも、寸止めを食らった久留美は、猛獣のような視線を向けてきた。目が完全にイッてしまっている。

「ひとりエッチして見せてください」

冷淡に言ってのけた。ここは完全に突き放すのだ。

久留美は回転するベッドの上で、M字開脚になり、左手で乳房を揉みながら右手で、秘孔を猛烈に掻《か》き回した。

あさましくも凄艶《せいえん》な姿だった。四十三歳、美熟女が墜《お》ちた瞬間だった。

「あぁっ、いやんっ、昇《い》かないと、私、おかしくなっちゃう」

何度も大痙攣を起こしている。周期的に来る快感の波に、どんどん攫《さら》われて行っているようだった。

「あっ、あっ、あっ、また昇く」

何度か腰を突き上げ、それが、もっとも高く浮きだしたとき。枕もとに置いた久留美のスマホが鳴った。

古い洋画のテーマ曲。哀愁のあるメロディだった。

「あっ、これ近藤さんからです」

久留美が腕を伸ばした。淳子はそのスマホを手のひらで払い、ベッドの下に落とした。

「あぁあ、これだけは出なくちゃ……」

まだ脳の中に一ミリほど近藤のことが残っているようだ。

「平気ですよ……必ず、良い返事が留守電に吹き込まれていますわ」

淳子は久留美の股を割り広げ、顔を落とした。眼前に赤く腫《は》れた女の粘膜があった。まん面全体が膠《にかわ》を塗ったように、輝いている。

舌を差し出し、久留美の指の上からベロ舐めした。

「久留美さんは、まんちょを、私がクリを虐《いじ》めてあげます」

「あぁあああああああっ、もう、だめぇぇぇぇぇ」

久留美の命が尽きるまで、舐め続ける覚悟で舌を動かした。時間にして十分。久留美には二時間ぐらいに感じられたはずだ。

淳子は陰毛がまとわりついた唇と舌をようやく、紅く尖り切った肉芽から離した。男のように、発射しないぶん、女同士の交歓は果てしない。

終わった後も、小さな痙攣を繰り返していた久留美が、ようやく正常に戻ったのは、約一時間後であった。焦った面持ちで、スマホを取り上げ、留守電を聞いていたが、その表情はすぐに和らいだ。

案の定、留守電には『二週間後の四千万円まで、俺がつなぎを工面する』とあったそうだ。

「ほらね。ビジネスには、絶対こうあらねばならないというのはないものよ。何事も交渉……久留美さん、男女関係も一緒よ。ちょっと焦らしたぐらいのほうが、相手の気を引くことが出来るわ……もう言いなりはだめよ」

「ほんとですね。淳子さん、やっぱり凄い……教わったわ」

久留美が頰を染めた。七歳も年上だが、なんだか可愛らしい顔に見えた。

「じゃぁ、約束通り、四千万円の手形切るわ」

淳子は用意していた手形帳を取り、四千万円の手形を振り出した。もちろん決済するつもりはない。丸っきりの空手形だ。

三億八千万円は手に入れたが、これは一時凌《しの》ぎに過ぎない。債務はすでに二十億を超えているのだ。

今度は淳子のスマホが鳴った。綾野からだった。

「今朝から、ヤクザが店の周りをうろうろしています」

警察より先にヤクザが、こちらの存在を突き止めたのかもしれない。覚悟を決めて、しばらく逃げることにしたい。

「ところで久留美さん、私、来週、バンコクに行きたいんだけど、チケットとホテル手配してもらえるかしら……あぁ、それはこちらからのお願いだから、キャッシュで払います。ビジネスクラスの往復とオリエンタルホテルとか押さえていただけるかしら」

帰国便はあえて、久留美への手形決済日の翌日にした。不審感を持たれないためだ。ノーマルチケットなら、日付変更は自在だ。

当分、日本には戻るまい。バンコクに着いたら、すぐにマニラかマカオあたりに飛ぼう。

「わかりました。すぐに予約してあげます」

旅行会社クルミンの女社長は、下着だけを着けた格好で、タブレットを操作してくれた。

3

麻衣は渋谷《しぶや》から六本木に向かっていた。この区間はバスが一番いい。麻布《あざぶ》育ちの麻衣には乗り慣れた渋谷発東京タワー経由新橋行きだった。

都営バスの広いフロントガラスの向こう側に、沈みゆく夕陽が見えた。

七月八日から九日にかけて、麻衣と工作班はひたすら防犯カメラの映像を追跡した。

七月八日のあの時間から夜までの間に京橋駅構内で記録されている映像のすべてと、界隈《かいわい》の防犯カメラを、つぶさに調べたのだ。

京橋駅の構内に入った作業着の三人はおそらく、トイレで着替えて、人ごみに紛れたと思えるが、その特定は困難を極めている。

防犯カメラも万能ではない。トランクを持った男は大勢いた。構内で女性にバトンされたことも考えられた。女性でトランクを提《さ》げた者も多数いた。

しかし、ＦＩＡは警察と異なり、正式に聞き込みをするということが出来ない。そもそも存在自体が公表されていない組織なのだ。あくまでも映像で追跡し、身分を隠して情報を得るという手段しか取れない。

手間がかかりそうだった。

チャンスが転がり込んできたのは翌朝だった。

別な方向から相手の作戦の綻《ほころ》びが発覚したのだ。

あのとき出くわした中国人団体客の正体である。

防犯カメラを確認したところ、七月八日はガイドが言った通りの行動が映っていた。ブランド店やふたつの百貨店を巡り、最後は免税店に入った。そのまま新橋駅近くのビジネスホテルへと入ったのだ。

麻衣がおかしいと思ったのは、翌七月九日の映像を確認したときだった。

ホテルから団体客は出てこなかったのである。正確に言えば、宿泊客は出てきた。しかし、団体としては出てこなかったのだ。

バラバラに出てきた客たちは、それぞれタクシーを利用したり、駅に向かって歩いて行った。

妙ではないか。

ホテルに電話を入れた。百貨店の忘れ物担当を名乗った。

電話に出た人間は怪訝《けげん》な声で「昨夜は中国人のお客さんはたくさんいましたが、みなさん、日本在住の人たちです。……はい、ラーメン屋さんの親睦旅行だと言ってました」と答えた。

あの団体は偽装ということだ。

すぐにガイドの男の画像を追跡した。ガイドは団体客をホテルに入れると、しばらくして単独で姿を現し、新橋駅へと向かった。地下鉄へ入った。帰宅する風であった。交代勤務であるとすれば不思議ではない。眉毛が濃いのが特徴だった。

銀座線の上下各駅の乗降客を追跡した。男が渋谷で降りた映像を見つけた。あたりの防犯カメラ映像をくまなく探索した。地取り、鑑取りの捜査が出来ない代わりに、科学的解析は警察よりも進んでいる。

男は円山《まるやま》町のライブハウス「Aフレンズ」に入った。アイドルのイベントだった。ネットで検索するとまだテレビなどに出演していない、いわゆる地下アイドルが五組ほど出演するイベントであった。

夜十時。男は数人の仲間たちと共に再び路上に現れた。連れ立って近所のカフェに入った。「カフェ・ヘビーローテーション」だ。アイドルオタクたちの溜まり場として知られている。

一時間前。麻衣はその店に行ってきた。

有名アイドルグループのスタイリストを装って、たむろしていたアイドルオタク数人に、新曲のための衣装について意見を聞いたのだ。

みんなよく喋った。オタクというのは、自分の頭の中にあるすべての知識を開陳しなければ気が済まない性分の人たちのようだ。

実際役立ちそうな意見もたくさんあった。

『肌の露出は極力避けてもらいたい』

コアなファンたちは、実はそうなのだそうだ。そのうえで、ほぼ全員が、

『厚手の衣装で防備しているのに、それでも偶然見えるパンチラがいいんだよな』

と言った。さらに、

『事務所の人たちや本人が思っているほど、斬新《ざんしん》な衣装を俺たちは期待していない。それよりも、振り付けでしょ』

なるほど。

自分が聞いても、何の役にも立てないのだが、熱心に語ってくれた彼らのために、母の所属する事務所の社長に会う機会があったら、伝えてやろう。

オタクたちの意見を辛抱強く聞いてやったせいか、帰り際には相当打ち解けることが出

来た。クラブで踊っている浮気性な人間に比べて、オタクはその名の通り一途な人たちだった。打ち解けると、仲間扱いしてくれる。

麻衣は全員分のコーヒー代の伝票を摑《つか》みながら、ここぞとばかりに聞いた。

『ねぇ、ここに来る人に旅行代理店に勤めている人いる？』

『そんな奴いたっけ』

声援を送りすぎて喉が嗄《か》れてしまったという若者が周囲に首を回した。

『昨日、Ａフレンズにいたんだけどな……その彼もアンケートに答えてくれると言ったのにな……』

鎌を掛けた。

『あぁ。わかった。それ、中村《なかむら》だよ……』

『中村って、酒屋の店員だぜ……』

別な男が言った。この男はシュークリームも食った。デブだ。北の委員長に似ている。

『眉毛が濃い人よ』

麻衣は確認した。

『それは間違いないよ。中村だ……でもなんであいつが旅行ガイドなんだ？』

デブが言う。

『ほら、近藤さんに、バイト頼まれたって言っていたろ』

しわがれ声が答える。声だけ聴けばロックスターだ。渋い声だ。

近藤さん？

麻衣は聞き直そうとして、辛《かろ》うじて踏みとどまった。その名前には興味がないふりをしておく。

しわがれ声が勝手に喋りだすのを待った。この男たちは知っていることは話さないと気が済まないのだ。放っておいても語りだす。

すぐに喋りだした。

『中村は六本木の佐々蔵《ささぐら》っていう酒屋でバイトしているんだけど、納品先のバーテンダーに可愛がられているんです』

『それが近藤さん？』

『そうっす。近藤さん。小洒落《こじゃれ》たバーで働いている人なんですけど、そこには来日した韓流系に女性アイドルも飲みに来るんですよ……で、中村は韓流も追いかけているから、近藤さんに、美味《おい》しい思いさせてもらったみたいで……それ以来すっかり言いなりなんですよ』

『美味しい思い？』

『女の人には言いにくいんですけど……たぶん、一発やらせてもらったんじゃないですかね……』

なるほど……。

『国内アイドル派の俺らから見れば、韓流を追いかける奴なんて、基本、裏切り者なんですけど、やつは近藤さんを通じて、俺たちにもいろんなバイトを持ってきてくれるんで、助かるんです。だから中村のこと、仲間はずれには出来ないんですね』

しわがれ声が肩を竦《すく》めた。そこから、しばらく国内アイドルと韓流アイドルの派閥争いの歴史を滔々《とうとう》としだした。我慢して聞くしかなかった。

どうやら、この分野でも嫌韓が進んでいるようだ。

しわがれ声の『アイドル保護主義論』がひと段落したので、麻衣は聞き直した。

『近藤さんのくれる、いろんなバイトって？』

『さまざまです。荷物運びや車の運転、最近ではチケットの早取りなんかもある』

『チケットの早取り？』

『大物スターやビッグイベントのチケットってネットで販売された直後に売り切れるじゃないですか。あれは組織がでかいほうが勝ちなんです。百人単位の人間を使って、一斉に申し込む。それでも確率は一割以下っすよ。俺らの組織は、早取りに慣れているから、バッティングしない男性アイドルや大相撲のチケットは仕事として請け負っているんです』

近藤は元値の五倍で買ってくれるという。転売するときには三十倍にするのだろう。

どうやら、近藤という男は、裏社会との接続員《コネクター》らしい。

『で、昨日は旅行ガイド……』

『まだ練習だって言っていました。いつまでも居酒屋で燻《くすぶ》っていてもしょうがないから、近藤さんの知り合いの旅行会社に世話をしてもらうみたいです。それで、昨日は練習だったみたいですよ。日本語の通じる中国人たちを銀座通りの店に連れて歩くだけだから、楽だったって』

『そうなんだ』

『ええ、なんか間もなく、その会社がでっかいツアーを受け入れるんで、ガイドの人手が足りないらしいんです』

『大きなツアー……』

『俺たちにも、警備とかのバイトの話、回って来ています……中身はわかんないですけどね』

しわがれ声がそんな話を聞かせてくれた。大きな収穫だった。

『俺はあんまり好きじゃねぇな、近藤さん。なんか薄気味悪くていやだ』

デブが言った。それもありがたい情報だった。デブはだいたい思ったことをそのまま口にする。正しい情報が多い。

都営バスは高樹《たかぎ》町あたりを走っていた。西麻布の交差点を越えれば、もう六本木の端に入る。麻衣はこれからどんな役になろうかと考えた。

諜報《ちょうほう》員の仕事は役者に似ていた。

刑事の父親の系統の職種に就《つ》いたが、実際は女優の母に似た仕事内容だ。両方の遺伝子が生かせる人生を歩ませてもらっていることになる。天にうまく操られているようだ。

しかし、反面、この仕事は自分が何ものであるのか、わからなくなるときがある。父は刑事として堂々と捜査をしている。

母は北川洋子としての演技を終えた後は、喜多川洋子という一般人に戻ることが出来る。

自分は素《す》に戻ったときでさえ、霞が関商事のＯＬというカバーを被って生きなければならないのだ。

諜報員ですっ、と大声で叫んでみたいときがある。

いよいよバスが六本木交差点に到着した。

中村の働く酒屋「佐々蔵」は俳優座の裏手にある。そこに向かう前に、麻衣は東京ミッドタウンで、洋服を買った。

スタイリストっぽい、黒ずくめの上下から、キャリアウーマン風の派手めのスーツに変える。あえて関西風のケバさを強調したヒョウ柄のワンピースにした。

二日前に京橋で鉢合わせをしているのだ。中村のほうも印象を刻んでいる可能性がある。あの日はブルージーンズのショーパンに白のサマーブラウス。

がらりと印象を変える必要があった。

セレブともキャバ嬢ともつかない格好で「佐々蔵」へと向かう。

六本木通りと東京ミッドタウンに挟まれたこの辺りは、麻衣が中学生だった頃の雰囲気そのままだ。取り残された一角。六本木のラストコーナーだ。

その一角の中で「佐々蔵」は最近出来たばかりの、間口の広い酒屋だった。

酒棚が並ぶ店内に入る。奥まった位置にあるレジカウンターの中で、主人《あるじ》と思われる男がぼんやり壁にはめ込まれたテレビを見ていた。夕方のニュースだ。

自己破産をする者が増えているという特集をやっていた。一見好調に見える日本経済だが、実は格差が拡大し、借金地獄に陥《おちい》るサラリーマンが増えているという。

大企業と中小、零細企業との間の賃金格差が広がりすぎているのだそうだ。

酒を探すふりをして、中村を探した。見渡した限りでは、中村は店内にいなかった。

テレビではよく見るコメンテーターが発言していた。横浜金融大学の教授河原崎《かわらざき》正《ただし》だった。

〈せっかく消費者金融の貸付規制を強めたのに、銀行の個人融資枠が拡大しているんですね。これではサラ金地獄の時代と何も変わらない。むしろその実態が見えなくなっているんです〉

そんな発言をしていた。この教授は現在、借金を繰り返す常習者を救済するためのセミナーを開催しているのだそうだ。

〈借金癖というのは、いわゆるアルコール中毒と似ているんです。一度完全に断ち切って、なおかつ三年以上絶対に借りないような訓練を受けないと更生出来ない〉

賛同できる意見だった。

店の中ほど、モエシャンドンのボトルが並んでいる位置で、価格を確認していると、入り口から若者が入ってきた。藍《あい》色に「佐々蔵」と白抜きされた前掛けを締めている。

麻衣の横を通り過ぎてレジ方向に歩いていく。麻衣は注意深く、その男を見た。二日前に、京橋駅で出会った旅行ガイドに間違いない。中村だった。

「おやっさんっ、今日の配達は終わりました」

「ごくろうさん……伝票つけたら、上がっていいぞ」

「ありがとうございます」

折り目正しいごく普通の若者のようだ。麻衣はおもむろにレジカウンターに向かった。

「あの、明日の夕方に、モエ・ロゼを十ケース、乃木坂《のぎざか》のジョニーカンパニーに届けてくれませんか」

やにわに注文を出した。バッグからクレジットカードを取り出しカウンターに置いた。

偽装カード。性は松田《まつだ》、名は明菜《あきな》。松田明菜という名義になっている。

世の中を舐め過ぎていないだろうか？

しかし芸名《カバーネーム》は局長である祖父が決めることになっているので、抗弁は出来ない。

ちなみに玲奈は小泉夕子《こいずみゆうこ》。美穂は中森聖子《なかもりせいこ》だ。おもしろすぎる。藤倉克己の福山正弘《ふくやままさひろ》には誰もがのけ反ることだろう。

「芸能関係の方ですか？」

テレビから視線を麻衣に移した主人が、すぐに配達伝票らしきものを取り出した。中村が羨望《せんぼう》のまなざしを向けているのがわかった。さぁ、くらいつけ。

「はい、うちは女性アイドル専門で……」

　さもさも芸能プロダクションの幹部であろう雰囲気を醸《かも》し出して言う。

「領収書、この名前でください」

　カウンターの上にあったメモ用紙とボールペンを借りて、麻衣は国民的女性アイドルユニットの名前を書いた。

「ＡＫ……」

　主人が読み上げようとしたので、麻衣は「しっ」と唇に手を当てる。

　霞が関商《ＦＩＡ》事の経理部はどんな宛名の領収書でも精算してくれる。国税庁も会計検査院の対象にもならない機関なのだ。

「明日の夕方でいいんですね。僕が届けます」

　中村が一歩前に踏み出してきた。麻衣は頷き、この男を正視した。まったく気づかれなかった。

「あら、イケメンですね。配達に行ったら、スカウトされちゃうんじゃない。あちらのマネジャーさんも見る目があるから……」

「と、とんでもありません」

　中村が顔の前で手を横に振った。

「あなたお名前は……」

「中村健介《けんすけ》といいます」

「ふ～ん。うちの子たちが見たら、発情しちゃいそう」

「ま、まさかっ」

「本当よ……卒業した元センターなんかが、まだいたら、私に、絶対攫《さら》って来てって言うわ」

主人が領収書とカード伝票を手渡してくれたのを潮に、麻衣はそのままクルリと背を向けた。

「イケメン君。じゃあ、よろしくお願いしまーす」

背を向けたままダメ押しし、店を出た。

外苑《がいえん》東通りに面したペットショップの前で、中村が出て来るのを待った。夜がやって来ていた。空が藍色になってから、にわかに勢いづくのが六本木という町だ。

明るい間は、どこかピントがずれているように見えていた街並みが、いきなりくっきりとした輪郭を取り戻している。

ポロシャツとチノパンという、まったりとした恰好で歩いてくる中村は、逆に目立った。

「あら、さっきの店員さん」

麻衣の方から声をかけた。気付かれずに通り過ぎられたら最悪だ。

「わっ、びっくりしました」

本当に気付かれずに通り抜けられるところだったようだ。

「もう、帰るの？」

麻衣は満面に微笑みを作った。

4

午後八時。差し出された名刺を見て、驚いた。

〈近藤俊彦〉

星条旗通りにあるバー「モア・バブル」。

中村が美味《おい》しい思いをさせてもらったという近藤がバーテンを務める店だった。

「いや、その名刺を見て名乗るのも何なんですが、私、松田明菜っていいます」

麻衣は片笑みを浮かべながら、そう答えた。

店内はカウンターが十席、四人掛けのテーブル席が三席。客は四人ほどいる。男が三人、女がひとり。いずれもカウンターに座っていた。

「本名なんですよね」

近藤がビールを注ぎながら言う。銘柄はフィリピンのサンミゲールだ。

「そうですが、近藤さんも?」

「もちろんです。こんなの本名以外にあり得ません。お互い悪趣味な親を持ったことを呪いましょう」

如才ない。そんな感じだ。

「松田さんは、凄いんですよ……芸能事務所の……」

中村がこらえきれないという感じで喋り始めようとした。

「その話は、だめっ。そういう約束で、一緒に飲むことにしたんでしょう」

麻衣は釘を刺した。さっき演じた役は素人用だ。近藤は少なくとも普通のバーテンダーではない。もし有名芸能プロの人間だと知ったら、裏を取るに違いない。

「お客さまの素性は詮索しません。それが水商売のルールです。どうぞごゆっくり」

近藤がくるりと背を向けた。その瞬間に麻衣は目を見開いた。背中に冷たい汗が流れる。

前を向いているときには気が付かなかった。

あの背中だ。二日前に追った作業服の男の中で、真ん中を走っていた男の背中に間違いない。顔の記憶はないが、背中の記憶は鮮烈に残っている。

唇が震えてきた。絶対に悟られてはならない。

「ねぇ、中村君。もう一杯ずつ飲んだら、次は私の知っている店に行かない」

早々に引き上げ、中村を籠絡《ろうらく》するほうが正解だ。

「松田さんの行きつけの店ですか」

「そう、うちの研修生のいる店……」

言ってすぐに、腕時計のリューズを押した。マイクとカメラアイがオンになる。霞が関商事にいる局長に会話を聞かせるのだ。

「場所は近くですか」

「そう、この界隈」

曖昧《あいまい》に答えた。

「研修生がバイトしているってわけですか……」

「中村君、小さな声で言ってよ。こっちにもいろいろ事情があるんだから……ふつうは業界関係者しか入れないの……でも中村君、未来の業界関係者になる可能性あるから、いまからそういうところに顔見せしておくのもいいかなって……あっ、うちには所属出来ないわよ。乃木坂のJと秋葉原《あきはばら》のAは、お互い棲《す》み分けているの……」

もっともらしいことを、中村の耳元で囁いた。ひそひそ話をするように、耳に手を当てた。腕時計のマイクにだけは音声を乗せなくてはならない。

いまごろ霞が関商事はおおわらわだ。後方支援スタッフが全力で、店、人員をセットアップし始めているに違いない。

こうした場合に備えて、店は各種十店舗ぐらい確保してある。日ごろはシャッターを下ろしているが、コンビニや美容院、歯医者などもあるのだ。秘密のキャバクラなどは、比較的簡単な部類だ。

キャストも充分揃えている。たぶん、今回の出動はチームY。吉原《よしわら》から引き抜いた凄腕のメンバーたちだ。

霞が関から六本木まで首都高でおおよそ十分。店の雰囲気づくりも含めて、三十分程度で完成させてくれるはずだ。

「近藤さん、ミサイル・カクテルくれませんか」

中村が声を張り上げた。

「おぉ」

近藤がカウンターの隅でシェーカーに何か混ぜ始めた。要注意だ。

「ねぇ、あのお酒はなに?」

「ウォッカベースでとにかくガツンと来るんです。ガツンと来るんですけど、フラフラにはならないです。むしろ頭が引ける感じで、しゃきっとします」

「カクテルの名前は何て言うの？」

「北極二号です。ちょっと悪趣味ですが、ここのみんなはあれ飲んで大陸間を飛ぼうなんて言っています。人気のカクテルですよ」

もはや疑う余地はなくなってきた。ここはノースゼロのアンテナショップだ。

「マスター、俺にもミサイル一発ください」

カウンターの端にいた男が、立ち上がってオーダーした。

「おうっ、ちょいお待ち。まずはあっちのお客様が先で」

「あちらも常連さん？」

麻衣が中村に聞いた。

「芝浦にある倉庫会社の人です。常連です。隣にいる女の人、由梨枝さんていうんですけど、あの人の友人で、ここに来るようになりました」

近藤はここで細胞を拡げているのだ。その近藤がTシャツの袖を捲って、シェーカーを振りだした。ハムのように太い腕だ。

「お待ちどぉ」

ショットグラスに注いだ北極二号がふたりの前に差し出される。モヒートのような色合いだった。

たぶん、この音声を聞いている工作部の樋口が、解毒剤を調合してくれるに違いない。

「カンパーイ」

麻衣はグラスを高々と上げた。近藤に飲んでいるところを印象付けるために、一気に飲み干した。喉がヒリつく。食道に氷が落ちていく感じだった。液体が着地した胃袋がぐっと冷える。

「くわっ……」

次の瞬間、いきなり脳が冷えた。脳の内側から頭頂部にかけて氷柱《つらら》が飛び出す感覚。

「あぁあ」

「ほらっ、松田さんも来たでしょっ。ガツンと」

目の前で中村が、呆けたように笑っていた。これは間違いなく覚醒剤だ。

「うっ」

頭のてっぺんから氷柱が抜ける感覚を得た。抜けたとたんに、幸福感に包まれる。

……エッチしたい。凄くしたい。これはまずい。

身体中の血流が淫乱に蠢《うごめ》きだした。ダメっ、早くセットアップして。腕時計が微かに振動した。文字盤にマップが現れる。龍土町《りゅうど》交差点付近のビル。すぐ近くだ。

「こんばんわぁ。初めてですがいいですか」

モア・バブルの扉が開いて、颯爽《さっそう》と玲奈が入ってきた。早っ。

ピチピチの白Tシャツにお尻の丘が見えてしまいそうなショートパンツを穿《は》いている。早々に来てくれたのは嬉しいが、その格好、本人はクレバーのつもりでも、目の前にある米軍基地関係の人間が見たら、ベガスの娼婦しか思い浮かべないだろう。

そこで、ふと、思った、
ここは星条旗通り。目の前にあるのは米軍のヘリポートだ。しかも星条旗新聞《スターアンドストライプ》の本社が置かれている。そこからこの通りの名前がついているぐらいだ。

ヘリの発着回数だけでも米軍の動きを知ることが出来るし、将校の情報が取れる可能性もある。

ノースゼロはとんでもないところに拠点を張っている。

麻衣は腰をくねらせながら、頭の芯の部分で必死に彼らの目的を想像したが、それよりもクリトリスが硬くなって、どうしようもなかった。

そのとき真横にドスンと音を立てて、玲奈が座った。わざと酔ったふりをしている。

「すみません。私にも、ぶっ飛ぶやつください」

「いいですよ。まずはうちの名物をどうぞ。お姉さん、お名前は……」

「小泉……小泉夕子です」

バレるんじゃないかと思った。まだそこら辺までは頭が回っていた。

「なんか今夜は、祭りになりそうっすね。ここにいる全員、絨毯《じゅうたん》爆撃しちまうぜ」

近藤がそう叫んで、シェーカーを振り始めた。店の熱気が一気にあがった。知らないうちに店内は満員になっていた。

あっ。太腿に針が刺さる感触。痛くはない。玲奈が掌中に握った超コンパクト注射器を使って、解毒剤を打ち込んでくれたのだ。

「早く、飲ませてよぉ」

玲奈はこちらを見向きもせずに、近藤に叫んでいる。その横顔に、後は任せて、と書いてあった。


午後九時。

「あぁあぁ、まじっすよ。旅行会社の名前はクルミンです。そこの女社長の西園さんが、近藤さんにぞっこんで……」

ソファに座ったまま、真っ裸にされて、五人の女に身体中を舐めまわされている中村が、べらべらとしゃべり始めた。

北極二号を飲んだのが、逆に自供を早めてくれたようだ。飛んでいるせいで、やっているのが全員、現役アイドルに見えるらしい。幻覚とは恐ろしい。

ここは急ごしらえで開いた秘密クラブ『艶坂《いろざか》シックスナイン』だ。

爺ちゃんもここぞとばかりに、そそる店名をつけている。やはり稀代《きたい》の演出家だ。

中村は店の扉の前に立ったときから勝手に「檸檬坂《れもんざか》っすね」とか「乃木坂もいるんですか」とか喚《わめ》き始めていた。

そんなアイドルがいるわけない。全員ソープ嬢だ。

「ここにいるのは、まだ研修生。あなたのおちんちんを咥《くわ》えたり、挿入された後にテレビに出るのよ……」

「くわぁ〜たまんねぇ」

元吉原のお湯ガール十人ほどに混じって、業界関係者の役者も五人いた。その中のふたりが最悪だった。

急場しのぎと言えばそれまでだが、バラエティ番組のプロデューサーと名乗っているのが、津川雪彦。実の父親だった。

そしてもうひとり。映画会社の副社長の役は父の同僚。捜査八課の竹宮達夫《たけみやたつお》。元マルボウ刑事だ。ふたりとも悪徳芸能関係者になり切っていた。

つまりソファの上で枕営業中のアイドルという設定の女子ふたりとやりまくっている。

爺ちゃん、身内を使い過ぎだ。

父も父だ。娘が見ているというのに、まったく意に介していないというふうに、尻を跳ね上げピストンを打ち込んでいるではないか。

「どうだ、架純《かすみ》ちゃん、秋のクールは、架純ちゃんで行くからね。はい、もっと股を拡げて、そうそう……おっぱい、自分で揉んじゃうのって、いいなぁ」

などとほざいている。潜入刑事《プロフェッショナル》の仕事の仕方って、そういうもの？

麻衣は頭に来て、中村をいたぶっている女たちを割り裂いて、みずからフェラチオを施した。父親に対する反抗心。

「あっ。ぼく、松田さんにもしゃぶられちゃうんですか……」

「明菜って呼んで」

やけくそだった。

「あぁあああ。明菜さん、金玉舐めまでするんですか。うわっ、それきついっす」

「それで、近藤さんのところには、他にどんな人が集まっているのよ」

「いや、俺もよくは知らないんです。さっきいた倉庫会社の人……桑原《くわばら》さんていうんですけどね……あの人とその横にいた由梨枝さんは、同じ宗教団体にいたんです……わっ。そんなに玉を押されたら、出ちゃいます」

「宗教団体……」

「そうです。ちなみにクルミンの西園さんも、元信者です。カルトって話ですよ」

「それがどうして……」

「近藤さんがマインドコントロールを解いて、解脱させたんです」

「凄いじゃない」

「そうなんです。近藤さん、そういう人たちを、普通に戻すのも水商売の役目だって。なんかカッコよくないですか……」

中村も完全に近藤の信望者になっている。優秀な工作員が本気になれば、発展途上の小国クラスなら政権転覆《てんぷく》を計れる。英国情報部にいたときに、アフリカの政変をいくつも見てきた。武力蜂起を先導したのはいつも先進国の諜報員たちだった。

アイドルオタクとカルト教団の信者を横取りするぐらい朝飯前だろう。

「ねぇ、他には？」

麻衣は玉袋をしゃぶりながら、指先で亀頭の裏側を擦ってやった。ぬるぬるしている。

「いまは、河原崎先生と組んで、借金中毒者の更生を手伝っています」

「なにそれ？」

「よくは知りません。俺らは、頼まれたバイトをするだけですから」

中村は、はぁはぁと荒い息を上げている。舐めたり、触ったりしている間に、麻衣も相当淫らな気分になってきた。

この男は本当に核心など知らないだろう。しかし、手籠めに掛けておく手はある。今後使えそうだ。

「あぁ、挿入はまだですか……僕、さっきの事なんてどうでもいいんで、とにかく爆発しちゃいたいんですけど……」

もう肉茎がサラミソーセージのように硬直していて、先端から白いのが漏れ始めていた。

「そうね。その亀頭、淫爆させてあげる」

麻衣は真っ赤なスカートをたくし上げて、パンティを脱いだ。嵌めちゃうことにする。

中村の乳首や、足の指を舐めていた本職たちが、歓声を上げた。

股間を晒して中村の腰の上に跨《また》がる。

そのとき、背後から襟首を摑まれた。父親だった。父も真っ裸のままだったが、トランクスだけは着けていた。

「なによっ」

「そこまでだ」

「自分は、やりまくっていたくせに……」

「そういうことじゃない。あの店で玲奈君が攫《さら》われたんだ」

第四ステージ　淫奪

1

七月十一日。午前六時。

「どんどんドラマティックになってきちゃったね……」

ジョニーが片眉《かたまゆ》を吊り上げた。

霞が関商事の欧米局応接室。正確にはＦＩＡ局長専用応接室。

玲奈が攫《さら》われて、すでに九時間近くが経過していた。

彼女のスマホと腕時計に備わっているＧＰＳもまったく反応していない。中村を問い詰めたが、あの男は、近藤の正体も真意も知らないので、客のひとりが拉致《らち》されたと聞いても、目をシロクロさせるだけだった。

本当に何も知らない。

麻衣は訴えた。

「局長、正式に警視庁に捜査の要請をしてください」

ここはどうしても機動力と組織力が必要な局面だった。美穂が博多に出張捜査に出ているので、警視庁の防犯カメラ情報をスチールするにも、かなりな時間を要する。

「まぁ、待ちなさい。間もなく、玲奈君の居場所が摑める」

ジョニーが真剣なまなざしを向けてきた。めずらしい表情だ。

しばらく、息苦しい沈黙が続いた。

窓の外に見える空が白々と明けてきた。今日も真夏日になりそうだった。

応接室の扉がノックされ、ジョニーが返事をするまえに、樋口が入ってきた。息を弾ませている。

「わかりました。芝浦の倉庫です、ハイエースが盗まれたのと同じ倉庫です」

樋口がローテーブルの上に、Ａタブレット《エージェント》を置いた。

マップの上にオレンジ色の丸印が点滅していた。画像をアップしていくと『田中倉庫』が見えてきた。

田中倉庫はかなり広大な敷地だった。同じ大きさの倉庫が三棟ある。点滅しているのは、一番端にあるDと表示された棟だ。

「ここがきっと彼らのアジトですね」

樋口が指さす。GPSが回復したらしい。だが……麻衣は疑った。

「これ囮《おとり》じゃないですか……近藤が玲奈からGPSを奪わないはずがないですよ」

ジョニーが笑った。いたずらっぽいいつもの顔だ。こんなときに不謹慎《ふきんしん》ではないか。

「みんなに内緒で、新しいGPSを開発して、付着させていたんだ。探索にちょっと時間がかかるタイプだけどね」

付着という言葉が気になった。樋口が説明しだした。

「液状タイプのGPS、凄いでしょう」

「はい？」

よく意味がわからないので、聞き返した。

「みなさん、出社したときに、エントランスに置いてある防菌スプレーを手に吹き掛けているでしょう」

「はい……インフルエンザ予防とか、言うから……」

麻衣は手を擦《す》り合わせる真似《まね》をした。

「あの中に、臭気発生のGPS薬品混ぜていたんだよね」

樋口が得意そうに言った。

「私たちが、知らぬ間にですか……」

「そう。三週間以上、ほぼ毎日あのスプレーで除菌していると、皮膚に浸透しちゃうんですよ。お風呂とかに入っても、一年ぐらいは消えない」

樋口は悪びれることもなく、淡々と言っている。

「それって、知らないうちにわたしたちのプライベートを把握していたってことじゃないですか……」

麻衣はジョニーを睨《にら》んだ。どうせ、このくそジジイの命令で開発されたのだ。

「ユーが、一日何回トイレに行くのか興味あってね」

「この変態がっ」

麻衣はローテーブルの上に置いてあったティッシュ箱を手に取り、ジョニーに投げつけようとした。

樋口があわてて制してきた。

「そんなことは出来ないから、安心しろよ」

「えっ、どういうこと？」

「臭気だから、電波のように即時性はないんだ。風に乗って来る特殊な臭いをキャッチするまでに時間がかかる。だから、ここに示されている位置は、早くても二時間前のもの。移動した場合、それを確認出来るのは、また数時間かかる」

「だけど時差はあっても、一日、何回トイレに行ったかは、数えられるわよね」

樋口に向かって口を尖《とが》らせた。

「それは、トイレの位置がすべて特定出来ている場合だ。このマップでは公衆トイレ以外は建物までしか特定出来ない」

樋口がマップをどんどん拡大した。

「つまらん、口論はよせ。少なくとも二時間前には玲奈君はそこにいたということだ」

「すぐに、救出しなくては」

麻衣は立ち上がった。

「それも待ちなさい。どうして、ユーはそんなにせっかちなんですか」

ジョニーに指摘された。

「いいですか、よく考えてください。攫ったのはヤクザや半グレじゃないんです。テロ集団なんです。拾った人質をそう簡単に消滅させませんよ。玲奈君を調べ上げて、われわれの存在に気付いたら、必ず取引を仕掛けてくるはずです」

「それまで、殺さないという保証は？」

麻衣は聞いた。

「二日以内なら百パーセント。あれこれ調べるまで、彼女の命は必要です」

「なるほどですね」

「一週間以内までなら八十パーセント大丈夫だと、ぼくは思います。彼らが作戦の中に人質を組み込むために工夫する時間だからです。予定外の獲物を得たので、何か考えると思いますよ」

「その先は？」

「テロリストは気分では人は殺しません。ダブルスパイに仕立てることも考慮するはずです」

「殺すとしたら、いつごろ？」

「殺害の必然性に出会ったときです。だからやみくもに救出に動くのは危険です」

爺ちゃん、ちゃんと考えている。

「局長の作戦は？」

あくまでも、仕事場では局長と呼ぶことにしている。

「やっと、ぼくの話を聞いてくれる冷静さを取り戻しましたね」

ジョニーに鼻で笑うような顔をされた。

「すみません。熱くなっちゃっていました」

「その近藤君……そろそろ必死になって、玲奈君のスマホと腕時計を調べだすと思うんだよね」

とジョニーが樋口の顔を見上げた。タブレットをじっと眺めていた樋口が、突如目を輝かせた。

「はい、動きだしました。ほら……」

マップをスクロールする。東京湾を挟んだ向かい側でオレンジの丸印が点滅しだした。

樋口が口辺《こうへん》を上げる。自信のある顔つきだ。

「GPS機能をロックしたつもりでいるんでしょうね。三回ぐらい停止させたところで『完全にロックされました』って表示されるんですけど、八時間経つと、無表示で作動するんです」

「やるわね」

麻衣はタブレットを覗《のぞ》き込んだ。

「あらま……呑気《のんき》ね」

マップ上のオレンジの点滅は田中倉庫の真裏にある高浜《たかはま》運河から五色橋《ごしき》のほうへと向かっていた。五色橋を潜《くぐ》れば東京湾だ。

ジョニーがいきなり咳《せ》き込んだ。

「爺ちゃん、大丈夫」

思わずそう叫んで、ジョニーの背中に回り込んだ。擦《さす》る。八十三歳の背中は薄かった。

「いや、いや、ぼくの想像があまりにもぴったり当たったんで、もうびっくりしちゃったよ。近藤君、あんまり頭良くないね……」

ジョニーはそのまま胸をとんとんと叩《たた》いた。相当衝撃を受けているらしい。

「もう、家に帰って休んでください」

「麻衣。テロが行われるのは七月十四日だ」

「えっ」

三日後じゃん。

2

午前六時二十分。

近藤俊彦は小型クルーザーのデッキから双眼鏡で、レインボーブリッジを見上げていた。早朝なので車の通行量は少ない。時おり千葉方面に向かうトラックが通るぐらいだ。

いまは空いているが、七月十四日の東京・横浜ファイアーバトルの夜には大渋滞になるはずだ。

「そこで、ドカンっ」

渋滞に巻き込まれたトラックが大爆発を起こす。確実にやれる。

まだ日本人は自爆テロの怖さを身に染みてわかっていない。そのせいか首都圏のあらゆる重要拠点が無防備に見える。

東京から千葉や横浜に向かうには、いずれも巨大な橋を渡らねばならない。その橋が破壊されたら、東京の機能は一時的に麻痺《まひ》するはずだ。

恐怖を植え付けてやらねばならない。

近藤は双眼鏡のレンズをわずかに下げた。臨海線《りんかいせん》ゆりかもめが、颯爽《さっそう》と走り抜けていった。

ついでにあの鉄橋もやっちまおう。

そのまま、カメラをパンするように、レンズの矛先《ほこさき》をお台場方面に向けた。テレビ局が見えた。お台場のランドマークのような建物だ。

金玉をぶら下げたような、ふざけたデザインだ。

いつかあの玉も叩き割ってやる。

冗談が好きなテレビ局だから、大砲で打ったら、くす玉みたいに「おめでとうございます」なんていう吹き流しが出て来るかもしれない。

それはそれでめでたい、この国が亡《ほろ》びるときだからだ。

おめでとうございます……だ。

ポケットでスマホが震えた。

ゴールドからだった。

「いま下見をしています。当日の花火クルージングのコースをテスト航行しています。当日は、クルミンがチャーターした遊覧船ですが」

「OKだ。上では爆破、海上では遊覧船のバズーカ砲攻撃。これはインパクトあるね」

「はい」

当日の夜は花火見物の屋形船が、多数出港することになっている。

「ヘブン、とにかくお互い派手にやろう。それが最大の目的だ」

ゴールドが落ち着いた声で言った。

その通りだ。今回の作戦は本国と連動した侵略のための内部攻撃ではない。

心理的混乱を与えるのが主眼だ。

トランプはやりすぎだ。カール・ビンソン、ロナルド・レーガンの二隻の空母に加えてニミッツまで半島に寄せてくるなど、あまりにも我が国の三代目の性格を知らなすぎる。甘やかされて育った子供なのだ。

創業者や二代目のようにいくつもの権力闘争を経て勝ち上がってきたプロの政治家ではない。生まれたときから「あれが欲しい」と言えば、すぐに与えられた男なのだ。

そんな甘ったれ三代目が、もっとでっかい家のわんぱく坊主に「殺すぞ」と脅されたのだ。三代目はおしっこをちびって「ぼくが、先に打っちゃうんもんね」とやみくもに弾道ミサイルの実験をすることになった。

体面をやたら気にする三代目は、もはや引くに引けなくなっている。

やばい。本当にまずい状態だ。

労働党の上層部たちは、これは破滅へのカウントダウンとなったと悟った。なんとかせねばと、右往左往《うおうさおう》している状態だ。

いまは軍と科学者が一体になって、ミサイルの着陸地点を日本領海に入らないように、コントロールしている。

しかし、発射回数が増えるにつれて「間違い」の可能性も高くなってきた。

ちょっと計算を間違えれば、秋田か新潟あたりがドカンだ。それよりもまずいのは、空母カール・ビンソンとその打撃群が、あまりにもうろうろしているので、そこに打ち込まないとも限らないのだ。

そうなったら、金髪ジジイの思う壺だ。恰好《かっこう》の口実を与えてしまうことになる。

ここはなんとしても、緊張緩和だ。懐かしい言葉だがデタントする必要がある。

三ケ月前、生まれも育ちも東京のゴールドが提案した。

「残念ながら、私たちは自国の首領を説得する術《すべ》を持たない。むしろ金髪にデタントの必要性を感じさせるほうが現実的だ」

日本で勝手にテロを起こすしかないという結論だった。

まず資金が必要だった。マカオでルーレットこと李成日《リソンイル》が、密輪金塊《きんかい》の購入者情報を得たので、共に強奪に向かったが、とんでもない奴らと鉢合わせになってしまった。

ただのチンピラだった。日本は自由過ぎる。平壌《ピョンヤン》ではあんなことはありえない。

それでも、すぐに銀座でリカバリー出来た。

予定額の半分だったが、それでも爆薬や大型トラックを購入するには充分な金額だった。

電話の向こうでゴールドが確認してきた。

「トラックは誰がやる」

「元宗教団体にいた男をコントロールしています。大型トラック二台。レインボーブリッジの上で花火をぶち上げるということで、由梨枝と共に、渋滞の中にとどまらせます……船上ではアイドルオタクを使います。ちょうどいい具合に、水上ステージで、B級のアイドルたちが三曲ほどやるので、その応援船を用意したということになっています。水蒸気の入ったバズーカ砲を打つことになっていますが、当日は実弾です。大惨事を引き起こせますね」

「素晴らしい」

ゴールドがしわがれた声を上げた。

「そちらの手配も万全ですか」

「あぁ、こちらも人員は揃っているよ。そもそも借金に塗《まみ》れた人たちだ。全額清算してやると言ったら、バイク便要員に五十人も集まったよ」

「そいつは凄いや」

近藤は口笛を吹いた。

ゴールドのほうは、オートバイによる自爆テロを仕掛けている。

もちろん本人たちは自爆するということを知らない。彼らは爆弾が入っているとは知らないリュックを背負って、首都高速横羽《よこはね》線を走るのだ。

「いま、私はベイブリッジを走行中だ。バイクではなくメルセデスだがね。川崎側から走らせたバイクと山下《やました》公園側から走らせたバイクが、ベイブリッジでクロスする時間を見計らっている。二十五台ずつここでクロスした瞬間にオイルをたっぷり積んだドローンを十台ほど落下させて、この橋を火の海にするよ」

それでベイブリッジもドカンだ。

「それは、綺麗《きれい》な花火になるでしょうね」

「あぁ、私は、クルーザーの上からドローンを操縦しながら、見物だよ」

「あとは、適当に近所で暴動を起こさせます。お台場界隈《かいわい》とみなとみらいで騒ぎを起こすように、コントロールをかけた連中を仕込んでいます」

「了解した。完璧に成功しないまでも、これで日本政府と、アメリカが、方針を転換してくれればいい。対話路線だ。日本国内でテロが発生したら、すぐにマカオと香港にいる仲間が中国とロシアの間に入ってくれるように工作する」

「そこで三代目も、ブレーキを踏んでくれればいいんですがね」

「あぁ、そうだな……ところで、昨夜引っ張った女の身元は割れたかね……」

「いや、スマホとシークレットウォッチを持っていたので、プログラムを抜き取ろうとしましたが、凄いロックがかかっています、公安なのか内調なのか、はっきりしません」

「いまはどこにる?」

「倉庫の隠し部屋に入れています」

「それなら、私が引き取ろう。自白剤で、本人の口を割らせるのが一番だ。あとで倉庫に回る」

「わかりました。お待ちしています」

「では……」

ゴールドが電話を切ろうとしたので、近藤はあわてて付け加えた。

「ところで、ゴールド。これは私憤《しふん》なのですが、博多のチンピラたちを片付けてもいいですかね」

「あんまり歓迎しないが、気持ちはわからんでもない」

「はい。このまま放置して、もし、自分が命を落とすことにでもなれば、悔しいですよね。これはあくまでも工作員としてのプライドの問題ですが」

「了解した。マカオに対しての責任は私が取る。出来れば金の行方も突き止めて欲しい」

「はい、おおよそ、相手の見当は付けましたから、福岡県警よりも先に、捕まえます」

3

午後二時。

博多。ハプニングバー「パイプライン」

「昼間でも、結構いるんだな……」

藤倉克己はカウンター席に腰を下ろして、ジントニックを頼んだ。

若いがやたらに眼光が鋭いバーテンダーが、グラスをステアして、差し出してくれた。

「この時間は主婦ですよ。お客さんみたいな出張のサラリーマンが目当てです。博多は狭い街ですからね。みなさん地元同士は出来るだけ避けたいんですよ」

バーテンダーが肩を竦《すく》めてみせた。

背中の方から呻《うめ》き声が聞こえてくる。壁をひとつ隔てたカップルルームでは、数組の男女が乳繰《ちちく》り合っているようだ。

「博多にはどんな仕事で……」

バーテンダーが探るように聞いてきた。

藤倉は登坂興業の事業開発課の課長を装っていた。堂々と登坂興業の名刺と身分証を差し出すことによって、一発で入店が許された。

「つなぎ融資ですよ」

一瞬バーテンダーの目が光ったのがわかった。

「そちらの御用で……」

グラスを磨きながら藤倉の目を覗き込んでいる。

「はぁ？　そちらの御用とは？」

空とぼけて言った。腕時計を見る。

「ここで、融資相手と商談するために待ち合わせているんだ。浅田美穂という女が来たら、すぐに通してくれ。大丈夫だ、霞が関商事の鉄鋼部門担当だ。運転免許で裏を取ってくれ」

このクラブ、初会の客の身分は徹底的に洗う。

だが、藤倉も美穂も、完璧なバックプロフィールを用意していた。

バーテンダーの表情が緩《ゆる》んだ。

「ハプニングバーで待ち合わせて商談とは、珍しい使い方ですね」

「調べさせてもらったが、ここが博多で一番安全な場所らしい」

「そういう使い方があるとは思ってもいませんでした。オーナーに報告しておきますよ」

バーテンダーが振り返り、酒棚に手を伸ばした。バレンタインの三十年物のボトルを取り出す。

「商談が成功するための、景気づけに……店からサービスです。ストレートにしますか、ロックでいきますか」

「ありがたい。それならロックで頼む」

藤倉は酒棚を見上げた。

たったいまバレンタインの三十年を取り出した位置の背中に、ちいさな穴が空いているのが見えた。カメラアイだ。

さらに棚の下からほんのわずかだが、ボタンのような物が浮き上がっている。ボトルの重みでいつもは沈んでいて、抜くと上がる、ジャンプ式のスイッチだ。

変わった客が来ていると、店のどこかにいる杉本淳子に報せたのだろう。

琥珀《こはく》色の液体が入ったロックグラスが差し出された。藤倉はすでに昏睡《こんすい》防止の解毒剤を飲んでいた。

FIA諜報《ちょうほう》員、必携の錠剤である。

この解毒剤はアルコールそのものにも強い。いくら飲んでも酔わない薬だ。ただし副作用として、男性器の勃起《ぼっき》がある。製剤した工作部の樋口の作為を感じる。

バレンタインを呷《あお》る。うまい。舌の上でピリリと撥《は》ねるが、喉越《のどご》しはまろやかだ。

「商談が成功しそうな味だよ」

「うちは、そもそも性交する場所ですから」

バーテンダーが言った。若くて整った顔をしているが、オヤジのような洒落《しゃれ》を言う。しかもどこかで見た顔に似ている。

扉のほうでチャイムが鳴った。バーテンダーが歩み寄りテレビモニターで確認をしている。

「霞が関商事の浅田美穂さまが、おいでです」

「絶妙なタイミングだ、彼女にも一杯やってくれ。その分は俺が払うよ」

「いいえ。おふたりとも成功しますように……当店からサービスさせていただきます」

美穂がやってきた。

ピンクのマイクロミニに白のワイシャツ。肩にレモンイエローのサマーセーターを羽織っていた。俗にいうプロデューサー巻。

「驚いたな。霞が関商事の鉄鋼部門担当者とは思えない」

藤倉はおおげさに驚いて見せた。

「あら、商社のバイヤーに見えたらかえっておかしいでしょう」

美穂が答えて隣に座る。もっともらしい理由に聞こえるが、その実、美穂はやる気満々なのだ。もちろん自分とではない。目の前に立っているイケメンバーテンダーが狙いだ。

トモナリ。この男はそう名乗っている。

美穂の前にもロックグラスが置かれ、バレンタインがなみなみと注がれている。

「では、妙な駆け引きなどせずに、さっさと決めよう」

「望むところです」

グラスを合わせた。それぞれ一センチほど飲む。

「うちのほうは、六十億、用意出来ています。霞が関商事さんですから、社長も間違いはないだろうと、一発でOKが出ました」

顔は美穂のほうを向いていたが、意識のすべてをバーテンダーのほうへ傾けている。

「ありがとうございます。三パーセントでよろしいんですね」

「わずか二日《ふつか》のツナギですから、社長も、アコギな利息は取るなと。その代わり二日後にきっちり一億八千万の利益を確定させろと……」

バーテンダーはわずかに離れた位置にいる。話し声は聞こえているはずだ。

「それ、やっぱりアコギでしょう。でも、こちらも、銀行から引き下ろすと証拠が残るので、仕方ないわ」

る。

美穂がバレンタインを飲みながら、それとなくバーテンダーのほうに流し目を送っている。

「いわゆる簿外取引ですね」

「そう、その日中に、右から左に動かして、鞘だけ抜ければいいの。うちは四パーセント利益で二億六千万円よ。それで、経理部が運用で失敗していた穴を埋めるのよ」

「それでも、買取側のダイヤモンド坂巻《さかまき》としても、はなから六千万円の割引きだから、三方丸儲けでしょう」

「金塊ほど手堅い商売はない……」

「日本ではな……ダイレクトに入れれば消費税分が丸儲けだ」

バーテンダーがカウンターにグラスを置いた。二個並べている。

「もう一杯ぐらいサービスしちゃいますよ」

「いやいや、ここから先はあまり酔えない」

藤倉は無視する対応をした。入り口の扉があいて、三十代半ばと思える女が入ってきた。カウンターの中のバーテンダーに向かって軽く手をあげ、藤倉と美穂には会釈した。

杉本淳子に間違いない。

美穂がすぐに会話を繋《つな》げてきた。肝心《かんじん》な「聞かせ場」だ。声を潜《ひそ》めて言う。

「明日の夜、入港します」

「霞が関商事が手配した貨物船か」

「そうです、鉄鋼として輸入手続きをしています」

さりげなくバーテンダーと淳子を見た。どちらの耳にもイヤーモニターが仕込まれていた。極小の補聴器のような形だ。このカウンターの下に隠しマイクやレンズがあるということだ。

客の内緒話や股間《こかん》を隠し撮りするつもりの設備であろう。自分たちにとってはお誂《あつら》え向きだ。じっくり聞いて欲しい。

「まさか、霞が関商事ほどの一流会社が、密輸に加担しているとは、思わない」

「それとね……」

美穂が言いかけて、言葉を切った。台本通りにやっている。

「なんだ……」

美穂が耳もとに唇を近付けてきた。あえて、ふたりには聞かせないというポーズだ。

ジョニーが作った台本には〈ここは適当に……〉と書かれていた。

「あのバーテン、天神連合のリーダーでしょう。いい男ね。おまんこ濡れちゃう」

藤倉は笑いがこらえ切れなかった。ぷっ、と吹いて、

「そいつはいいやぁ」

と声を張り上げた。

杉本淳子が完全にこちらを向いた。

「わかった。時間は午後七時。俺らはレンタカーで現場に入る」

「うまくやりましょう」

「おい。商談成立だ。バレンタインもいいけれど、もしあるならジョニーブルーをくれないか」

「畏《かしこ》まりました」

バーテンダーが頷《うなず》いた。バレンタインのボトルをもとの位置に戻し、ジョニーウォーカーの青ラベルの封を切った。

ちょうどそのとき、背後のカップルルームの扉があいて、ふっくらとした顔の女が出てきた。歳の頃四十ちょい。美熟女の部類にはいる。

美熟女はスリップ一枚しか身に着けていなかった。額に汗が浮かび、目の縁はまだ真っ赤だった。

杉本淳子がその女のほうを向いて顔を顰《しか》めた。

「久留美さん、やりまくってばっかりじゃない……東京に戻らなくていいの？」

久留美という名らしい。

「私の仕事は、パソコンさえあればどこにいても出来るわ。いまは旅行会社なんて、窓口ショップでの展開なんてほとんどいらないわ。九十パーセントのお客さまが、ネットで申し込んで、カード決済だから……」

「だからって、経営者が、昼間っから、ハメっぱなしっていうのも、どうなんですかね」

淳子が口を尖らせた。場所柄、こういう会話は普通らしい。

「明日の朝には帰るわよ。明明後日はお台場で遊覧船を出すのよ」

「クルミンって、国内の仕事もやるんだ……」

「めったにやらない。明日は特別なの……アイドルの水上ショーが目当てのオタク三百人の団体。例のお金が入らなかったから、私、本来は違反の預り金を取り壊してチャーター料先払いしたんですからね」

久留美という女は頬を膨《ふく》らませた。

「しっ」

淳子が険《けわ》しい顔をして、唇に指をあてた。久留美が肩を竦《すく》める。思わず喋ってしまったという顔だ。

金の貸し借りの関係にあるふたりだと理解できた。久留美はふたたびカップルルームに消えた。

淳子が藤倉に近づいてきた。

「お仕事のお話も終わったようですし、どうでしょう。この店の本来の使い方をなさってみては……」

「いや、彼女とは、そういう関係にはなれませんよ」

藤倉は美穂の顔を見た。

「当然です。私たちはあくまでも仕事上の関係です。セックスどころか裸も見られたくありません」

いつになく厳しい顔をしている。

藤倉も同僚というか部下に、ちんぽを見せるのは憚《はばか》られる。

「それではどうでしょう。男性は私と中に、女性は、バーで待っていてください。中からイケメンの男を探して、こっちに寄越します」

「それは賛成です。私、このバーテンダーの方、とても気に入っちゃってるんですけど」

美穂の目はすでにトロンとなっていた。

藤倉は咄嗟《とっさ》に思った。……こいつ解毒剤飲んでいねぇ。

4

「あぁぁ、もっとクリトリスを舐《な》めてください」

ソファの上でＭ字開脚した淳子が上半身を捩《よじ》りながら、喘《あえ》いだ。

カップルルームという名のやり部屋。

「まさか、オーナーさんが相手をしてくれるとは思わなかった」

藤倉は淳子の秘苑《ひえん》に舌を這わせていた。愚直なほど尖りを舐める。やたらと肉豆が大きな女だった。さぞかし自慰や女同士の行為が多いのだろう。

「だって、藤倉さんのような素敵な人、他の客にとられたくないですから」

「エロだけが目的とは思えない」

藤倉は精一杯苦み走った味を出した言い方をした。

柄じゃないのはわかっているが、ジョニーの台本では「ここはハードボイルド風に」となっている。自分が演じると半熟にしかならないが、精一杯演じるしかない。

「あぁあ、いいっ。凄く下品な攻め方だけど、とってもいい」

肉豆の下でピンク色の花が別な生き物のように蠢《うごめ》き、さらにその下にある淫穴からは、白い色の蜜が、ぐつぐつと溢《あふ》れ出ていた。

藤倉は完全に勃起していた。解毒剤の副作用もあるが、はじめて訪れたハプニングバーという環境がやおら淫心を刺激していた。

百平方メートルほどの室内には、さまざまな形のソファが置かれており、あちこちで男女が絡《から》み合っている。五組はいる。

先ほどの旅行会社の熟女は、部屋の中央で、ふたりの若者に弄《もてあそ》ばれていた。太棹を口に挿入され、股間は巨大な電動マッサージ器で摩擦されている。何度も絶頂に達しそうな声を上げていたが、そのたびに電マを外され、激しく首を振っていた。男たちは、寸止め地獄を楽しんでいるようだった。

「百万あげるから、昇《い》かせてっ」

久留美はそんな声まで上げていた。

いまここにいる男たちは、半グレ集団の連中に違いない。藤倉はそう確信した。夫のいない時間帯に、性欲を発散しにやってくる小金持ちの主婦たちを性の虜《とりこ》にして、ジワリジワリと金を巻き上げているのだ。

生活安全課も会員制クラブにまでは手が届いていないようだ。

熟女の久留美が、絶叫した。四肢《しし》を痙攣《けいれん》させて、目を剝《む》いている。これほどまでの快楽を与え続けられたら、中毒になる。一種の覚醒剤と同じだ。

「登坂興業さんなんて、普通は出会えないわ」

股座《またぐら》を押し付けながら、淳子がかすれた声で言った。

「まぁ、普通の人とはお付き合いしないことにしている。本職じゃないと言っても色々と、掟《おきて》がありましてね」

それとなく極道《ごくどう》であることを仄《ほの》めかした。

「私、地元の本職に追われているんです。力になってもらえないでしょうか」

食いついてきた。淳子のまんこ全体がくわっ、と広がった。

極道に追われる人間は極道に縋《すが》りつく。

「力比べは出来ない。関東と九州は、いまのところうまくいっている」

「お金で追われているんです、あっ、いやっ……」

ぬぷっ、と淫穴に人差し指を入れた。白蜜が噴きこぼれた。

「肩代わりも出来ない……半グレじゃないんだ、極道にはルールがある」

努めて冷静に言った。本音は、早くこの女に挿入したくて、しょうがない。

「あぁああ、取り立ての事なんて、一瞬でも忘れてしまいたい……捏《こ》ね回して」

淳子は積極的に尻を振り始めた。前後にガクガクと振っている。蜜がしとどに溢れて、淳子の尻穴のほうにまで、筋が流れている。

藤倉は考えるふりをした。

ついでに自分の棹を握った。

人生最大のふくらみになっていた。日ごろは魚肉ソーセージ。いまはサラミソーセージだ。

「まぁ、ひとつだけ、方法がある……」

こんな状態なのに、まだ冷静な口調でいなければならないのが本当にしんどい。

「えっ」

淳子が穴を窄《すぼ》めた。藤倉の人差し指が肉層の中で、きゅっと圧迫される。

「上層部が知らないブツがある」

金塊とは言わなかった。ここは淳子の想像力に委《ゆだ》ねるしかない。

「密輸品ですか」

「……」

答えを留保する。ここが我慢のしどころだ。相手の思考力を奪うために、膣内を掻《か》き回し、淫核をベロ舐めした。

「あぁあああああぁ、いくぅうううう」

すぐに舌と指を止めた。昇かせては元も子もなかった。主婦たちをいたぶる若者たちを見習わなければならない。しかし、その瞬間に藤倉は自棹の先端から、じゅっと白いのを飛び出させた。暴発だった。位置的に淳子に見られなかったのが幸いだった。

淳子は尻をもじもじと振っていた。頂点に向かった高波が、昇り切らずに引き戻っている様子だ。

「盗品だ。俺とさっきの彼女がそれぞれ百キロ分だけ、上に知られていないブツを確保している。個人売買用だ」

ここで先ほどの美穂の囁《ささや》きポーズがいきるはずだ。

「捌《さば》く相手は決まっているのかしら」

淳子が肩に手を回してきた。

「博多では捌く予定はない。こっちの極道と揉《も》め事は起こしたくないからね」

「私は極道じゃないわ。私はこれでも財界人脈があるの。裏ルートで欲しがるのは裏側の人だけじゃないわ。表に住むセレブはみんな裏ルートが好きよ。百キロをいくらで捌くつもり？」

淳子がソファから滑り下りて来て、床に尻を付けた。藤倉の肉棹を捧げ持つ。

「消費税抜きで六億相当だが、実はこれには原価がない。販売元から俺たちへの一種のリベートだ。奴らだって、中東の戦火の中で、かっぱらったブツを、内密に買ってくれる俺たちがありがたいのさ」

もっともらしい理由をつけた。すべてジョニーの作った口上だ。

「原価ないなら、半額でどう？」

淳子が亀頭の裏側に舌を伸ばしてきた。背筋に快感が昇る。

「五億だ」

藤倉は淳子を床の上に組み伏した。両足首を肩に担《かつ》ぎ上げて、淫頭をまんの入り口に差し向けた。そのまま尻を押す。

「あっ、三億三千万円っ、あぁぁあああ」

亀頭をずいずい押し込む。鰓《えら》が猛烈に膣壁《ちつへき》を擦った。

「四億八千万円」

「いやっ、三億八千万円しかないのっ、お願いッ。それで百キロをっ」

金に追われる女は、金に縋りつく。淳子は必死に腰を打ち返しながら、藤倉の背中に手を回してきた。

全額引き下ろせそうだ。

「明日、現金を持って、俺と一緒に港に行けるならそれで手を打とう。すべて現場処理だ」

「現金は自宅の金庫です。明日、迎えに来てくれますか。一緒に出れます」

「わかった。そうしよう」

金が引き出せるとわかって、藤倉は肉棹も引き出しにかかった。子宮に届いていた亀頭を今度はずいずい引き上げる。淳子は黒髪を宙に跳《は》ね上げた。

「あぁあああ～いやぁ、擦れるぅ」

淫蜜《まみ》に塗れた赤銅色の肉棹を三分の二まで上げたところで、いったん止めた。そこで三度ほど擦る。歯ブラシで磨くときのような細かな動かし方。ずぶっ、ずぶっ、ずぶっ。

「うぅっ、はんっ」

淳子が身をくねらせた。自分で乳房を揉んでいる。頃合いを見計らって、藤倉はふたたびプッシュに転じた。すぱーん。亀頭で子宮を叩く。金槌《かなづち》で釘を打つように、叩いた。

「あぁあああ、それ絶妙過ぎる」

淳子が頭頂部を床に押し付け、背筋と尻を高々と上げてきた。レスリングでフォールを避ける女子選手のような体勢だ。

「おぉおっ」

おかげで、肉棹が更に深く呑み込まれた。もう底だと思っていた膣の最奥が、さらにへこんだようだ。欲深い女は、膣の穴も深い。

「ぐちゃぐちゃなのに、先っぽを締め付けてくるなぁ……んんんん」

藤倉も呻《うめ》いた。

亀頭全体が塩辛のような子宮粘膜で摘まれたような状態だ、ほどよく圧迫されて、脊《せき》髄《ずい》まで蕩《とろ》けてしまいそうだ。

全長を収めた茎の根元も締め付けられた。

「おぉっ、うっ、うっ」

ピストンをしようとしたが、ぎゅっと棹全体を圧迫された。

「んわっ。きついっ」

気持ちよさに、尻たぼをへこませた。

亀頭はアメーバー状の子宮に包まれ、根元は膣口で押さえられているというのに、淳子はつづいて筒の中央を波打たせてきたのだ。

「んんぁ～、あんたのおまんこは3Dか……」

肉筒の中に挿《さ》し込んでいるのに、棹越しで、ぎゅゅ、と握られている感じがする。しかもその五指が順に握力の変化をさせてくるのだ」

「くっ、うわっ、絞るなっ。まだ、絞るなっ」

「いや、離さないっ」

欲深い女だ。

「俺のチンポはゴールドじゃないっ」

「硬度はフォーナイン（純度９９．９％）級だわ」

さらに締め付けられた。切っ先がひらいた。子宮の上で、ちょろっと白いのが漏れた。

カッコ悪いが、そのせいで締め付けが少し緩んだ。

藤倉はこの隙に亀頭を引き上げた。

男のプライドにかけて「潰《つぶ》され淫爆《いんばく》」は避けたい。

やはり男は「擦り放爆」だ。

尻を跳ね上げた。膣壁で巨大マッチに火をつけるように、擦りまくった。ぐしゅ、ぐしゅと卑猥《ひわい》な肉擦れの音を立てながら、抽送《ちゅうそう》した。

「ちんぽ一本、火の用心」

「あぁあああ、おまんこが燃える……いやっ、燃えちゃう、火を噴いちゃいそう」

実際淳子の顔が、しわくちゃになり始めた。

「とどめっ」

引導《いんどう》を渡すように、藤倉は亀頭を膣内で回転させた。鰓で膣の扁桃腺を抉《えぐ》る。グリグリと突き続けた。

「うわぁあああ、それ下品すぎるぅううう」

淳子が尻を突き上げてきた。藤倉の身体が一瞬、宙に浮く。じゅっ、としぶいた。双方同時だった。上から藤倉、下から淳子。膣のど真ん中で、白と金の水流が激突した。

「抜かないぞ。俺は絶対抜かないからな」

「ばかぁ、それじゃ、私のおまんこ、パンクするでしょっ」

「まんパンさせるっ」

「いやぁあああああああああ」

極限状態で、男根がふっとばされた。究極のシャンパンファイト。潮圧で亀頭が抜ける感触、最高の気分だ。


ふたり、よろよろになりながらバーコーナーに戻ると、そこもとんでもない状態になっていた。

美穂がイケメン男性三人と絡み合っていた。騎乗位だ。美穂の尻の下で、男がふたり、松葉崩し状態で、組み敷かれている。

男同士の玉と玉がぶつかっているが、これはあまり見たくない。美穂の前には男が立っていた。咥《くわ》えられている。

美穂の口、まんこ、もうひとつの穴。ぜんぶに男根が入っているわけだった。

「淳子ママ、だめだ。この女、ポーカーフェイスで昇天しちゃうから、寸止めが利《き》かない」

金髪の男が、情けない顔になっている。

「こら、もうやめろよ。俺、もうカスもでない」

咥えられている男が、引き抜こうとしていたが、美穂はしっかり玉袋を握って離さない。

バーテンダーは床に転がったまま呆けていた。聞くと、もう三発抜かれたそうだ。

もともと淫乱な美穂に、催淫剤を盛ったのだ、自業自得というものだ。

「浅田さん、明日、港で会いましょう」

「はいっ、んんっ、わかりました。いやっ、藤倉さん、見ないでくださいっ」

腰をがくがくと振り続ける美穂を一瞥《いちべつ》し、藤倉はパイプラインを後にした。

美穂はこのまま、半グレ集団のバーに潜り込むことになっている。

5

翌日の午後二時三十二分。

藤倉克己はレンタカーで一路、熊本に向かった。ゲンを担いで白のエルグランドを借りた。逃げ切れる、という意味で、だ。

黒のアルファードに尾行されているのはわかっていた。天神の西鉄グランドホテルを出たときから奴らは尾いてきている。徒歩でレンタカー店へいき、エルグランドを借りるところまで、見張っていた。

見張ってくれているおかげで、まだ金を積んでいないことも承知している。

高速に上がってからアルファードの背後にさらにオートバイが二台尾いてきている。あれは福岡県警か地元暴力団か微妙なところだ。

高速道路を下りて、利益町に入ったあたりから、黒のアルファードは車間を取り始めた。オートバイはアルファードにぴったりと尾いている。狙いは藤倉ではなく、アルファードだということがはっきりした。

途中途中で、アルファードの運転席を確認したが、バーテンダーのトモノリがぐったりとした表情で、助手席で居眠りをしていた。

美穂はいったい昨夜、何回あの男とやったのだろう。

淳子とやつらの魂胆はわかっている。一度こちらの取引を成立させたら、そのあと、再び現金を奪還しに来るつもりだろう。

その手は食わない。

藤倉と美穂の港からの逃亡作戦まで、ジョニーはきちんと台本に書き込んでくれている。

一面畑の中をナビに従って走ると、茶色の豪邸が見えてきた。

近寄ると門柱に「杉本」の表札が見える。その表札や門柱、さらには邸を取り囲む塀に、いくつもの傷跡があった。スプレーで「金返せ」とも殴り書きされている。

杉本淳子はそうとう厳しい状況に置かれていると推察出来た。

ベルを押すと、淳子はすぐに出てきた。大型トランクを引いている。

「全財産よ」

淳子は後部シートに乗り込むなり、そう言って嘆息した。ストライプの入った半袖のワイシャツに下はレモンイエローのプリーツスカートを穿《は》いている。

「すまんが、トランクの蓋を開けて、中身を見せてもらう」

運転席から首を曲げて伝えた。

「わかったわ」

淳子はトランクの蓋を開けた。百万円単位の福沢諭吉がびっしり並んでいた。

「右から三列目、二段目の札束を掘り起こしてくれ……」

すべてが本物とは限らない。上積だけ札束にすることはよくあることだ。

「しつこい人ね」

淳子がその位置の札束を取り出して、札束が幾重にも重なっている様子を見せてくれた。

「左から二列目、五段目も頼む」

「藤倉さんて、粘着質？」

「あんたのおまんこほどじゃない」

藤倉は右手の人差し指を立てた。ファック・ユーのポーズだが、いまは意味が違う。

「昨日のネバネバがまだついている」

「ばか……」

淳子が頰を赤らめた。照れた顔で左から二列目五段目の札束を、三束抜いた。本物だった。

「ＯＫだ。トランクはその席に置いたまま、あんたは、助手席に来い。いきなり首を締められたらかなわない」

「あなたなしに取引が出来ないんだから港に着くまでは、ありえないでしょう」

「こっちが六十億を積んだとたんに、やられるってこともある」

藤倉はバックミラーを覗きながら、そう伝えた。黒のアルファードが、五百メートルほど離れた木陰に隠れていた。

「その手があったわね……」

にやりと笑って、淳子が後部席から一度降車し、あらためて助手席の扉を開けた。上がり込んでくる。

諜報員と詐欺師《さぎ》の化かし合いだ。

藤倉はアクセルを踏んだ。三億八千万円を積んで博多へと戻る。

帰路になったとたんに黒のアルファードがあからさまに間合いを詰めてきた。こちらになにか不審があれば、いつでも追突をかましてくる構えだ。

「たいした護衛だな。博多からずっと俺のケツの穴を嗅《か》いでいる」

「私のお金がどこかにいってしまわないように、見張っていてくれているのよ。普通のセキュリティよ」

淳子が笑った。

高速道路が見えてきた。熊本インターチェンジの料金所を通過した。

そこで藤倉は淳子に注文を付けた。

「すまんが、スカートとパンティを脱いでくれないか」

藤倉はステアリングを握ったまま平然と言った。

「ムラムラしてきた？」

「違う。逃亡防止だ。俺たちの世界じゃ普通のセキュリティだ」

精一杯、目に力を込めて言った。淳子の顔が恐怖に引き攣《つ》った。藤倉を本職の極道だと信じてくれている。

「シートベルトをしたままじゃやりづらいわ」

プリーツスカートのホックを外し、ファスナーを下げている。

「つべこべ言わずに、脱げよ」

きつく言った。淳子は急いでスカートを下ろし、剝き出しになった尻からパンティも抜き始めた。ハードボイルドを装うのも悪くない。

隣の席から香水の匂いに混じって、一種の生臭さが漂ってくる。

藤倉は一気に勃起した。

「脱ぎました。なんか下半身だけ、すっぽんぽんって、変な気分だわ。バスタオルとかないのかしら」

ちらりと見ると、西から差す陽に照らされた両腿の合わせ目で、漆黒の陰毛が輝いていた。

「バスタオルはない」

「所在ないわね……この恰好って……」

陰毛を見られていると知って、淳子は股間に手のひらを重ねて置いた。

時速百キロで走った。

一時間ほどで、博多に着く。その頃は夕暮れどきだ。

「オナニーでもしていたらどうだ」

ハードボイルドを気取り、硬い口調で言ったが、私的好奇心だった。

「そうでもしていないと落ち着かないわ」

淳子が助手席でM字開脚した。斜光が女の紅い湿地帯を照らしている。

「あったかい、これいいかも……濡れまんこに、もっと光を……」

わけのわからないことを言いながら、淳子は平べったい股座に、指を這わせ始めた。

くちゅ、くちゅ、ねちゃ、ねちゃという音を聞きながら、藤倉はエルグランドを疾走させた。

黒のアルファードもピタリと後を尾いてくる。いつの間にか、オートバイもまたアルファードの背後に尾いていた。

久留米を越えた。淳子の人差し指と中指は白蜜だらけになっていた。

鳥栖《とす》ジャンクションあたりで、淳子が突如、身体を横に倒してきた。

「我慢出来ない」

そう言って、藤倉の股間に顔を埋める。ファスナーを開けられた。

「おいっ」

藤倉は片手で淳子の頭を押しのけようとした。

「何よっ、カチンコチンじゃないっ。サラミソーセージ」

「よせ、大金を積んでいるんだ。事故ったらどうする」

「そのときはそのときよ。あなただって、仲間がやって来て、逃亡しないとは限らないわ。私は下半身丸出しだから追いかけられないし……あなたもせめて、チンポを出して運転するべきだわ」

淳子はそう言うなり、スーツパンツの中から、剛直を引っ張り出した。最悪だ。

「おぉおお」

口中にずっぽり収められる。きつく結ばれた唇でスライドされる。

「あぁあああ〜」

叫びながらアクセルを目いっぱい踏み込んだ。エルグランドが猛ダッシュする。淳子は自分の股間を弄《いじ》る指も休ませてはいない。むしろフェラチオをすると同時に、指の動きは速くなった。

「んんんん、いいっ」

三億八千万を積んだエルグランドは、男と女の嬌声《きようせい》に包まれながら、福岡インターへと大驀進《だいばくしん》した。

午後六時五分。

フェラチオをされたまま、藤倉はエルグランドを水野銀行天神支店の前に着けた。銀行の脇に「南部《なんぶ》警備保障」と書かれた輸送車が止められていた。くそ暑いのにヘルメットに革の上下を着たガードマンが四人立っていた。

誰がみても現金輸送車だ。実際は後方支援班の偽装車。

「おいっ、六十億を積むんだ。一回口を離せ」

淳子の背中を叩いた。

「まだ、白いのが飛んでこないけど……しょうがないわね」

ただの淫乱なのか、度胸があるのか、それとも、もはや人生を捨ててしまっているのか、よくわからない女だった。

藤倉はファスナーを上げた。淳子にもとりあえず膝の上をスカートで覆うことを許可する。

別な後方支援班が来るのを待つ。

すぐに銀行支店の脇の扉が開いて、中年の男がふたり出てきた。ふたりとも濃紺の背広を着ている。

ひとりが運転席側の窓にやって来た。藤倉はウインドウを下げた。

「登坂興業さんだね……」

「そうです」

「トランク開けてくれますか……」

「あぁ、後部座席に積んでくれ」

「了解しました」

すぐに銀行の脇に止めてあった南部警備保障の現金輸送車がいったん走り出し、Uターンしてきた。道路の真ん中で、双方のスライドドア同士が密着される形で止められる。

ガードマンが前後に立ち、一般車を遮断する。

「ずいぶん、ものものしいわね」

「当たり前だ。それだけの額を積むんだ」

現金輸送車のスライドドアから、係員が出て来て、エルグランドにジュラルミンのケースを何個も乗せてきた。あっという間に、後部座席はジュラルミンのケースだらけになった。淳子はじっと正面を見据えていた。自分の顔をあまり行員には見られたくないようだ。

「積みました。ここにサインを」

水野銀行天神支店の係員が、バインダーを差し出してきた。分厚い引き下ろし証書が張り付けてある。偽物だ。

藤倉はそこに並んでいる数字の桁数《けたすう》を数えた。

「たしかに六十億。受け取った」

「なんどか盗難事故があったので、警備車輛をつけますか？」

「あぁ、港の突堤《とってい》まで、前後についてくれないか」

「わかりました」

警備員四人が乗った小型セダンが前に付いた。後方にはたったいまジュラルミンケースを下ろした輸送車が付いた。

三台隊列を組んで、銀行の前を出発した。四台目に黒のアルファードもしっかり尾いてきた。

「あんたの三億八千万円もこれで安全だ」

「そうね……」

淳子が振り返った。ジュラルミンケースの山で、淳子のトランクはもう見えなかった。


午後六時四十分。

博多港。東浜埠頭《ひがしはまふとう》に到着する。鉄鋼運搬船が停泊する埠頭だ。

五十メートル先にパナマ船籍の大型貨物船「ボルト」が聳《そび》え立っていた。

日が傾いていた。空がオレンジから藍《あい》色に変わりつつあった。

埠頭には風がそよいでいる。藤倉は潮風を吸い込んだ。沖合をいくつかの小型船舶が行き交っていた。

少し離れたところに、黒のレクサスセダンが五台停まっているのが気になった。さらにその向こう側。バイクが二台いる。

「昨日の姉ちゃんがくるまで待機だ」

淳子は二台の警備車輌を眺めていた。スカートだけ穿いていた。パンティはもういいんだそうだ。濡れたままのまんこをパンツで包むのはいやだと言っていた。わからんでもない。

「ガードマンさんたち、この車じゃなくて海を見ているのね」

エルグランドと貨物船のちょうど中間地点に停車している小型セダンと輸送車はいずれも、車の先端を海に向けていた。

「彼らは取引そのもののことは知らない。そもそもこの車は明け渡すんだ。じっとあの位置にいてさえくれればいい」

と、そこに轟音《ごうおん》を立てて、大型トラックが十台、入ってきた。先頭トラックから美穂が降りて来る。昨日とは打って変わって、黒のパンツスーツに身を包んでいる。

いよいよ、クライマックスだ。

「お待たせしました。これからコンテナを下ろします」

エルグランドの窓越しに言ってきた。

「こっちも準備出来ている」

藤倉は親指を立てて、後ろを差した。ジュラルミンのケースが山と積まれている。

「昨日連絡した通り、俺の百キロはこの人に売る。代金はすでにこの車に積まれている」

「それは藤倉さんの自由です。では、段取りを説明します」

「おう」

「船の横を見てください」

美穂が貨物船ボルトから伸びているタラップを指さす。そこに人相の悪い髭面《ひげづら》の男が立っていた。アラブ人らしい。ボストンバッグをふたつ提《さ》げている。

「サダムという男です」

懐かしい悪人の名前だ。

サダムの後方にクレーン車が接近している。どのコンテナにもスチールと書かれている。

美穂がトラックに向かって手をぐるぐると回した。

一台がクレーン車に向かった。

先頭のトラックではなく、その背後にいたトラックが進んでいる。接近するとクレーン車に荷台を向けた。

「あれか……」

藤倉はごくりと生唾《なまつば》を飲んだ。

「あれは本物の鉄です」

「そうか……」

藤倉はがっくりと腰を砕《くだ》くポーズを取った。横で淳子は手を握りしめていた。

「ゴールドが隠されたコンテナになったら、サダムが右手を上げることになっています。そしたら、先頭のトラックが進みます」

美穂が先頭のトラックに視線を向けた。サングラスをした運転手が頷く。横に金ぶち眼鏡の老人が座っていた。チェックのベストを着ている。

「あのトラックだけがダイヤモンド坂巻の手配車輛です。助手席に乗っているのは鑑定士。すぐにコンテナの中に入って確認します。ついでに私たちの分も一応チェックしてもらうことになっています」

「なるほど……念には念をか……」

「その通りです」

五番目のコンテナになったとき、サダムの右手が上がった。美穂がすぐに先頭トラックにゴーと言った。ダイヤモンド坂巻チャーターのトラックが猛進する。

「あのコンテナにだけは、内側にエックス線防止カバーが付けられています。通関用です」

港湾の税関には、トラックの荷をチェックする専用の通路がある。そこでエックス線チェックを受けるのである。空港の保安検査のトラック版だと思えばいい。

コンテナがトラックの荷台に載せられた。見た目はこれまでのコンテナと同様である。助手席から飛び降りた鑑定士がすぐにコンテナの扉を開けて中に入る。

なかなか出てこない。

横を向くと、淳子は手を握りしめていた。かすかに震えている。

三分ほどかかった。鑑定士が出てきた。軽くガッツポーズをしている。鑑定士はそのままサダムに近づいた。藤倉は息を吐いた。心臓が高鳴る。

サダムがボストンバッグのチャックを開けた。鑑定士がそれぞれのバッグの中身を覗き込んでいる。手を突っ込んで触った。そのまましばらく、こちらを向いていた。触感で確認しているらしい。

笑った。

鑑定士はゆっくりトラックの助手席に向かった。藤倉はフーッ、と長い息を吐いた。淳子は身体を硬直させていた。

美穂が口を開いた。

「まだよ。あのトラックは、サダムがこの車に乗って、船に向かってからじゃないと、発車できないの」

藤倉は頷いた。

「サダムがこの車の前二メートルに来て、ボストンバッグをコンクリート上に置いたら、車から飛び出して、ボストンバッグに向かってダッシュよ。右が私で、ママが左でいいわね。藤倉さんは見守りを」

「わかった、受け取ったらどうなるんだ？」

「私と藤倉さんは、あのトラックに同乗。ママはあのアルファードでしょう」

美穂は〈もうとっくに気づいていますよ〉という顔をした。

「その通りだわ」


サダムがボストンバッグを下ろした。藤倉と淳子は一斉にエルグランドから飛び降りた。

美穂はすでにスタートを切っていた。藤倉は美穂の背中を追った。サダムとクロスする。目を合わせる暇はなかった。

前方にいる警備車輛を見ると、いつの間にか後方からアルファードが猛ダッシュしてくるのがわかった。タイヤが軋《きし》む音がする。その背後から、得体の知れない黒のセダンも突進してくる。

コンテナを積んだトラックは、ゆっくりと前進している。

美穂がボストンバッグを拾い上げた。つづいて淳子も拾い上げた。美穂は軽々と持ち上げた。

淳子は重そうだ。アルファードはすでにエルグランドの真横にいた。助手席からバーテンダーのトモノリが飛び出してきた。

「私より、そのエルグランドをっ」

淳子がそう叫んでいた。

トモノリが運転席に座ったばかりのサダムに殴り掛かり引きずり下ろした。サダムは「オーノー」と叫び、コンクリートの上に転がった。そのサダムを淳子が踏んで、エルグランドに向かった。

サダムが顔を引き攣らせながら、自分たちのほうへ走って来る。

ゴールドを積んだトラックがゆっくり前進して来て、ちょうど警備車輛の前を通りかかった。その先を塞《ふさ》ぐようにアルファードが停まった。ひとめで半グレとわかる連中が五人降りてくる。

現金もゴールドも両方盗る気らしい。

トラックから運転手と鑑定士が手をあげて降りて来る。

それもそのはず、アルファードの後方からやってきた黒のセダンからは、拳銃を手にしたヤクザが数人降りてきているのだ。全員、黒のスーツ。

「てめえら、ガキが横取りした金とブツも返してもらうぜ」

「ちっ、ヘタレヤクザがっ。ここでチャカなんか弾いたら、通関すら出来なくなるぜ」

半グレが吠えた。

ヤクザと半グレが金塊の前で睨み合った。半グレたちは金属バットを手にしていた。ヤクザはドスに持ち替えた。

藤倉と美穂は、停まっていた現金輸送車に退避した。トラックの運転手と鑑定士も美穂に援護を求めて輸送車のほうへやってきた。乗り込む。

目の前に小型フェリー船がやってきていた。後進で突堤に近づいてくる。輸送車はエンジンをかけた。

足を引きずって歩いていたサダムが、突然全力疾走して輸送車に飛び乗った。

藤倉が輸送車の運転手に向かって叫んだ。

「オールキャスト、撤収《てっしゅう》っ」

輸送車が海に向かって前進した。

藤倉は一瞬目を瞑《つむ》った。ガツンという音がして、輸送車はフェリー船の胴体に滑り込んだ。一歩前に出る。すると、すぐに後続のセダン車が飛び移ってきた。

下関《しものせき》までこの船で戻る。

輸送車を飛び出し、デッキに出ると、博多港の突堤が見えた。通関をせずとも出れるエルグランドは無数のオートバイに囲まれていた。

「地元の別な半グレかしら？」

美穂が聞いて来た。金塊の形をしたアーモンドチョコレートを噛んでいる。

「あぁ、さらに別な集団らしいな。ノースゼロにやとわれた連中じゃないか。三億八千万円の行方をみんなが追っていたからな」

「間一髪でしたね」

「あぁ、銀行の前では手に汗を握ったよ。杉本淳子が振り向かなくてよかった」

「パンツ脱がせていたんですよね」

「あぁ、美穂の言うとおりにしてみた」

「普通の羞恥心《しゆうちしん》を持った女って、パンツを脱いでいると、あんまり大きな動きが出来なくなるんですよね。ハプバーを経営していても、風俗出身じゃないのが、幸いしましたね」

淳子のトランクはすでに現金輸送車に移されている。

突堤では、新聞紙の詰まったジュラルミンケースを乗せたエルグランドと鉄鋼しか積んでいないコンテナトラックの争奪戦が繰り広げられていた。

ファイナルステージ　満爆

1

七月十三日、午前十一時。霞が関商事大会議室。

「ショーマストゴーオン」

ジョニーが巨大スクリーンに映し出されたマップをパワーポイントで指しながら演出プランを説明した。

大会議室には今回の工作に参加する全スタッフが集まっている。その光景は刑事ドラマや映画で見る捜査会議さながらだ。

今回のステージは大きい。

Aステージがレインボーブリッジと東京湾お台場一帯。

Bステージはベイブリッジと横浜港山下公園界隈《かいわい》。

繋《つな》がってはいるが、互いに相手のパフォーマンスを見ることは出来ない。

そのうえで連動しなければならないのだから、リズム感が重要だった。

麻衣は顔を上げて、ジョニーの指示を聞いた。

「オープニングは山下埠頭の倉庫に閉じ込められている玲奈君の救出シーンです。藤倉君は玲奈君を奪還したら、そのまま配下にしてください。ジェットヘリは山下突堤《とってい》の上空に待機させておきます。

「了解しました。縄梯子《なわばしご》を昇る玲奈のパンチラシーンが見せ場ですね」

「そういうことです。ノーパンは困ります。修正の手間を省きたいので」

「それも了解しました。明日、現場に持参していきます」

全員に最終日の台本がたったいま渡されたばかりだ。

一時間前に、ようやく内閣府と総務省から許可が下りたのだから仕方がない。

麻衣は急いで台本を読み込んだ。人員の配置も決められていた。

Aステージのレインボーブリッジの担当だった。

目立つポジションだ。

花火と放水のショー「第一回東京・横浜――ファイアーバトル」のイベントに紛《まぎ》れて、

レインボーブリッジとベイブリッジを破壊するだろうというのが、ジョニーの読みだ。

ただし相手の出方まではわからない。当日発見するしかないのだ。

麻衣は怪しい車、人間がいたら、容赦《ようしゃ》なくその場で抹殺《まっさつ》する役目だった。

かっこいい。

「Aステージは、玲奈君を確保した段階からパフォーマンスを開始する。すべては生中継を見ているぼくが指示を出すから、イヤーモニターは絶対外さないこと……いいね」

ジョニーはお台場海浜公園に中継車を出動させて、その中から演技指導をしてくるそうだ。イベントの模様を中継するテレビ局から一台借りている。

「ドキュメントはFテレビでOAですか？」

手を上げて樋口が聞いた。今回は小道具ばかりではなく、大道具もたくさん用意したので、それが放映されるのが楽しみらしい。

「いやこれは、映画のワンシーンに使う。来年夏公開だ」

「ほほう」

一同が頷《うなず》いた。だが、とジョニーが付け加えた。

「大道具、小道具はそのまま映画に映るが、出演しているみなさんは、すべて本物の役者さんたちに差し替えられます」

あちこちから「なんだぁ…」とため息が漏れる。

まったく、秘密諜報《ちょうほう》員の自覚のない人たちだった。

使用するジェットヘリ、消防車、消防艇、放水銃の説明は樋口がした。とてつもない製品ばかりだ。これを防衛予算の中に組み込まないのだから、政府もうまい。どうみても立派な兵器だ。

兵器の説明を終えると、ジョニーが再びマイクを握った。

「本事案については、内調や公安も把握していますが、現場の状況からみてＦＩＡ《うち》が仕切るのがベストということになりました。公然諜報機関の動きは、北ばかりか、ロシア、中国も監視しています。幸い我が機関は、ほとんど注目されていません。Ｂ級諜報機関だと思われているのです」

場内がどっと沸《わ》いた。全員自分たちがＢ級諜報員だということを自覚しているのだ。

なんてったって、みんなキャリア五年以内でしかない。

「だからと言って、世間の耳目を集めようなんて思ってはいけません。ショーに紛れて、ノースゼロをこっそり、やっつけるんです。いいですね」

一同再び頷いた。

「映画会社と提携したのも、傍目《はため》には我々をエンタテインメント界のスタッフだと思わせるためです」

英国諜報部もよく使う手だ。ジェームズ・ボンドが実在することを、世間は知らない。

「それと、我々自体が非公然組織ですから、内閣府や警察では出来ない、やばい作戦も出来ます」

それってなんだ？　爺ちゃん、やばいこと考えていないか？

「今回は俠客《きょうかく》団体の方たちの力もお借りします」

場内がどよめいた。与党ヤクザの出番だ。登坂興業に昨夜戻った藤倉が、一億八千万円を持参して、さらなる協力を仰いだところ、快く引き受けてくれたそうだ。

ちなみに父親の津川雪彦にも二億が戻っていた。

というより父は博多のステージにも参加してきたのだ。髭《ひげ》と鬘《かつら》でアラブ人の役をやってきたと、自慢のメールをくれた。

来年で定年なので、ＦＩＡへの再就職を狙っているのかもしれない。

いやだ。祖父、父と三代揃って同じ職場で働くのはごめんこうむりたい。

「非公開情報だが、一昨日、マニラのカジノから現金が奪われたそうだ。内調が追跡したところ、まったく同額が、日本のあるＮＰＯ法人に振り込まれたことがわかった。一億だ。私は李成日の仕業《しわざ》だと思っている」

「そのNPO法人は？」

藤倉が聞いた。

「借金中毒者救援センター、略して〈借中救〉というらしい。玲奈君から発せられるGPS臭は、いま山下埠頭に移されたが、そのNPO法人もその倉庫に頻繁《ひんぱん》に出入りしていることがわかった。一億円はまだ引き下ろされていない。あえて明日のテロ行為から時間をおいて引き出すに違いない」

麻衣はいつか六本木の酒屋のテレビで見た大学教授の顔を思いうかべた。

横浜金融大学教授河原崎正だ。

ジョニーはさらに明日の時間割りを事細かく説明して会議を終えた。

テロ集団の工作を止める会議というよりは、ロケ撮影の段取り説明にしか聞こえなかったのは、そもそもジョニーが〈捜査はエンタテインメント〉だという持論の持ち主だからだろう。

麻衣は明日のために、チームを組む美穂と、防衛班の男性ふたりとの分科会に向かった。

防衛班のひとりは特殊救急車を運転する航空自衛隊の元パイロット唐沢正治《からさわしょうじ》。三十二歳。もうひとりは元重量挙げ選手でしばらく国立体育大学の講師をやっていた鬼木秀樹《おにきひでき》。

二十八歳。

なんだかよくわからない連中だが、どちらも戦闘のプロだということだった。

ＦＩＡでは、諜報班と工作班が頭脳派、防衛班が体力派と呼ばれている。

「現場のこまかな指示は私がだすっていうことでいい？」

麻衣は三人に宣言した。国が違うとはいえ、英国情報部に所属していたという自負があった。

「それでいいですよ。司令塔が多くては混乱するだけ、局長と呼吸が合わせられるのは麻衣さんだから」

と美穂。

ほかの男子ふたりは「うぉーす」といって頭を下げた。

使えるんだろうか……。

喜多川裕一は専用の応接室に戻ると、ジョニーウォーカーをグラスになみなみと注ぎ、固定電話を取った。

黒塗りのダイヤル式だ。ほとんどアンティークに近いが、ジョニーはこれを気に入っていた。

ダイヤルを回す。

平成生まれの局員たちは、ダイヤルを回すということも知らない。

テレビもそうだ。チャンネルを回してくれ、と言ったら、首をかしげられた。

〈回す〉の意味がわからないらしい。時代は変わったものだ。スマホも３Ｄ画像も、ジョニーにとっては産業革命を見る思いだ。

だがいつの時代も、いざというときはアナログが役に立つ。誤作動の多いデジタルと違って、確実なのだ。

電話の相手はアナログの極《きわ》みのような人種だった。

「はい、横浜ベイスター商会です」

女性交換手が出た。交換手というのもいい。

「須藤ちゃんを頼む」

「はい？　会長の須藤でしょうか」

「そう、ジョニーと言ってくれればわかる」

「はい……」

待機用のチャイムが鳴る。矢沢永吉《やざわえいきち》の「チャイナタウン」だった。趣味がいい。

「珍しい、ジョニーさんが俺に電話とは」

　須藤辰雄は余裕をかました声だった。

「ユー、四日に続いて、昨日も失敗したみたいじゃないか」

　いきなりかましてやる。

「なんのことで？　マカオのホテルのショーのことじゃないんですか？」

　須藤はいわゆるフロント企業の人間だが、マカオのカジノ王スタンレー・チェン一族とも繋がっている。

「マカオの種なんかいらないよ」

　ジョニーは演出家時代、よく海外のショーの種を買っていた。

　ショーの種を買うとは、手品《マジック》の種の権利を得るということと同意語だ。

　つまり特殊演出《イリュージョン》の「種と仕掛け」をそっくり買うのだ。

　例えば瞬間移動。

　マイケル・ジャクソンがコンサートで活用して有名になった演出だが、ジョニーはいち早く、日本国内での独占使用権を獲得し、自社のアイドルグループのコンサートに生かしてきた。

　誰かが開発した知的財産を、応分の使用権を払って転用するのは、現在の世界のエンタテインメント界の主流だ。

中国の「変面」なども、現在は正規ルートで販売されている。

「マカオでやっている出し物は、すべてベガスの転用じゃないか」

「それだったら、登坂に相談すればいいじゃないですか」

登坂興業はラスベガスの中興の祖と言われているスティーブ・ロスと繋がっている。このふたり、将来の国内カジノ開設に向けて激しく競い合っている。

「今日電話したのはその件じゃない」

「なんですか……」

「だから、ユー、一週間の間で、二度もお金取りそこなったでしょう」

「身に覚えがない」

「四日は金塊《きんかい》取引仲介してマージンもらおうとして失敗して、昨日は、その金の回収を委託されて、また失敗。フロント企業の面目丸潰《めんもくまるつぶ》れですね。僕がリカバリーの種を教えてあげましょう」

「ジョニーさん、あんた、隠居して、歌舞伎と落語見物ばかりしているって、業界の噂《うわさ》ですが、いったい、何やっているんですか」

「スパイ」

信じるわけがない相手には、本当のことを言ってみる。このスリルがいい。

「いたずら電話ですか？　いい加減にしてください。楽隠居のジョニーさんに付き合っている暇はない」

ここで電話を切るかと思ったが、須藤は切らなかった。やっぱり金がなくて困っている。

警視庁八課の津川雪彦の同僚、元マルボウ刑事の竹宮から得た情報は正しかったようだ。

福岡県警の潜入刑事が、地元ヤクザの動向を探っていたら、横浜の須藤に辿《たど》り着いたそうだ。その潜入刑事にとって、本ボシではないので、泳がせていたところ、昨夜、横浜のヤクザが博多港に現れたという。

ジョニーは合点がいった。テロリストとヤクザと半グレがごちゃごちゃになっていたのだが、これで整理がついた。

須藤ならば使えると踏んだ。

「横浜の山下埠頭にカチコミを掛けてくれないかね」

「だから、俺のところはそんなことは請け負っていないですって」

「東活映画の撮影なんだよ。昔はよくエキストラに本職を使ったものだよねぇ」

「いまは映画関係者も接触したがらないじゃないですか……」

「だから、グレーゾーンのユーに頼むんだよ……」

「手数料は？」

「一億……」

「へっ？」

「ただし、もう一回強奪だ」

「なんですって……」

「明日、本職のヤクザ五十人を貸してくれたら、簡単に奪える相手を教えてやるよ」

「ジョニーさん、あんた本当に、いま何をやっているんですか？」

「だから、スパイ」

「スパイ映画の製作ですか？」

「そう」

「もともと、主語と述語のはっきりしない言い方でしたが、輪を掛けてきましたね」

「須藤ちゃん、本物のヤクザ五十人、貸してくれるのか、くれないのか、どっちだ」

ジョニーは語気を強めた。

「もう、八十を超えると短気にもなりましたね。わかりました。やりましょう」

「だったら、明日の仕事を終えたら、ただちに襲撃相手と日時を教えてやる。今度は失敗しないほうがいい」

電話を切った。

これで、芝浦は登坂興業、横浜はベイスター商会が協力してくれることになった。

問題は、ノースゼロが金をいつ引き下ろすかだ……。

2

「すみません。昨夜はドジを踏みました。完璧に紙の束を掴まされました。半グレではなくヤクザが絡んでいます。気を付けましょう」

横浜金融大学教授の河原崎正は、同志の近藤俊彦とコーヒーを飲みながら話し合っていた。潮の香りがする場所で飲むコーヒーは格別うまい。

「あぁ、そのことは忘れようじゃないか。昨日、マニラから資金が振り込まれた。これで第二波の破壊活動が出来る。明日の第一波の前に下ろすと、怪しまれるから、事件で日本中が混乱している明後日に下ろす。その人間は明日のゲームには参加させない」

横浜、山下埠頭のもっとも海に近い位置にある倉庫だった。

「東京じゃないところで下ろさせたほうがいいでしょう」

「そうだな。名古屋あたりがいいか」

「そこらへんがいいです。水野銀行の栄《さかえ》支店。一応、アポを入れておいたほうがいいです」

「わかった。ではうちの職員三人をそこに派遣しましょう」

「では、ぼくは東京に戻ります。お互い明日の成功を祈りましょう」

近藤が倉庫の扉を開けた。一瞬風が吹き込んで、また出ていく。隅に寝かせていた女が、寝返りを打った。シベリアドロップをたっぷり飲ませている、女は自慰をしまくり、ぐっすり眠り込んでいた。

「あぁ、しっかりやろう」

近藤の背中を見送った。埠頭に横付けしたクルーザーに乗って帰っていった。

河原崎は扉を閉めると、女の寝顔を見にいった。

移動させるために、ショートパンツとTシャツは着せていた。女は寝ながら、パンツに手を入れ、まだ割れ目に指を這わせていた。

股の割れ目は開くが、口は割らない女だった。

すべての持ち物は調べた。だが、身分や住所に繋がるものは何ひとつ出てこない。

近藤がスマホを解析したが、ＣＩＡが使うタイプのロックが幾重にもかかっていたという。そのことから彼女は間違いなく諜報員と推察出来たが、その所属が摑めないので、どうにも不気味であった。

明日の作戦が漏れている可能性もあった。

そこで、あえて彼女のスマホを作動させた。芝浦の倉庫から発信させた。女の身体は、横浜に移動させたのだ。

彼女の所属する組織は、芝浦の倉庫を襲撃するはずである。囮《おとり》用に別棟にスマホを置いている。

河原崎は屈《かが》んで女の割れ目に指を這わせてみた。ぬるぬるしていた。クリトリスを突く。

「あんっ」

と言って女が寝返りを打った。捲れたスカートから尻が覗《のぞ》き、割れ目まではっきり見えた。尻の割れ間から覗く女の粘処はとても卑猥《ひわい》に見えた。

秘孔《ひこう》に指を入れてみる。ぬぷっ、ぬぷっ、と鳴った。

それでも覚醒剤が効いているという確証は持てなかった。

最終確認は尻の穴だ。河原崎は蜜がたっぷり塗られた人差し指をアヌスに向けた。薬が効いていなければ、絶叫するはずだ。

堅い蕾《つぼみ》を割り広げて、第一関節まで挿《さ》し込んだ。尻たぼ全体がヒクついたが、女は大して反応を示さなかった。

指を抜いた。匂いを嗅《か》いでみる。あまりいい匂いではなかった。河原崎はアヌスに入れた人差し指を洗うつもりで、まんこの穴のほうに挿し直した。くちゅくちゅと音をたててゆすぐ。

抜いて、もう一度匂いを嗅いだ。好きなタイプの匂いだった。

拉致《らち》した女が完全に落ちていることが確認出来たので、毛布を掛けた。さらに女を隠すように、パーティションで囲った。

河原崎は倉庫の入り口側に戻った。

隣の倉庫に集めたセミナー参加者の中から、完全にコントロールが効いている人間三人を呼び出す。後藤《ごとう》、秋元《あきもと》、佐々木《ささき》だ。

すぐに三人が来た。

「きみたちには、明日朝すぐに、名古屋に行ってもらいたい」

「はいっ」

無表情な顔のまま三人が声を張り上げた。

「お金を見ても、妙な気分にならないための最終テストです」

「はいっ」

「名古屋の栄にある水野銀行に行って、お金を下ろしてきてください。通帳と印鑑を渡します、念のためにカードも渡します」

「はいっ」

秋元が受け取った。

「ただし、あなたたちは、借中救のスタッフ二十人に見張られています」

言いながら河原崎は三人の目を見た。飼いならした彼らは視線を離さなかった。河原崎はさらに強いコントロールパワーを掛けるため、目力《めぢから》を込めた。

「絶対に逃亡はしません。我々は、完治するまで、先生の教えを守ります」

「そうだね……守らなかったら、みなさん、すぐに債権者さんたちに殺されますよ。私が、怖い債権者から、みなさんを守っているのです。だから更生してください。そしてこのＮＰＯのスタッフとして、新たな中毒患者の更生に協力してください」

「はいっ」

「はいっ」

「はいっ」

「秋元さん、時間は明後日の午後一時です。いいですね」

「絶対にやり遂げます」

「よろしい、では本日は、セミナーは受けなくていいです。気持ちを鎮めるためにビールを飲んでください」

三人にバドワイザーの缶を渡した。三人は飲んだ。

ほどなくして三人は床に膝を突き、そのまま前のめりに倒れた。バドには睡眠導入剤がはいっていた。

この男たちにも毛布を掛けてやる。マインドコントロールは掛けたらすぐに眠らせることだ。何も考えさせずに、ひたすら眠らせる。時間の経過を感じさせないことだ。起きたら、すぐに名古屋へ向かわせる。

カードにはGPSが仕込まれている。行動は把握できる。この男たちは一億円を引き出し、運搬するロボットなのだ。

3

七月十四日。午後六時三十分。

「みなさん、今日はパリ祭です。ヨーロッパで起こったテロの弔《とむら》いにちょうどいいです。華麗に戦いましょう」

藤倉のイヤモニにジョニーの声が響いた。

藤倉は華麗とはおよそ対照的な人間たちと共に、山下埠頭の入り口にいた。幌《ほろ》付きの大型トラック二台でやって来ている。

荷台では神奈川県一帯の有力暴力団から来た通称武闘派と呼ばれる人間たちが、酒の匂いをぷんぷんさせながら待機しているのだ。いずれも金属バットやゴルフクラブなど、得意の武器を手にしているはずだ。中には拳銃を持参の者もいる。

FIAは拳銃を持てないが、彼らは堂々と不法所持が出来る人種だった。

「頭《かしら》、討ち入り、まだっすか」

唯一助手席に座る横浜海闘会の小口健司《おぐちけんじ》が、どすの利《き》いた声で聞いて来た。

「待ってくれ、いま誰か出て来る」

埠頭の最奥にある倉庫の扉が開いて、三人の男がこちらに向かって歩いてくる。

小口は手榴弾《パイナップル》三個を宙でクルクル回転させている。

「やっちまいやしょうか」

「いや、あの三人は、見逃しておこう。ここで先に騒ぎたてたら、意表を突くことは出来ない……それより、手榴弾でお手玉するのはやめろ」

「いや、これ賞味期限切れているんで、火を噴くかどうかわからないんです。関東じゃ、ずっと抗争がないんで、火薬がみんなしけちまって」

「だからと言って、爆発しない可能性がゼロじゃないだろう」

藤倉は背筋が凍る思いで、回転する手榴弾を眺めていた。一個は必ず宙に浮いている。

「頭ぁ、ビビりだなぁ」

「その頭って言うのも止めてくれないかね。おれは消防署のものだ。台本には救急隊長って書いてあるだろう」

「面白い映画だよな。消防署が火つけするシーンとはな」

「そういう言い方をするな。人命救助だ。俺は人質を救助したら、すぐにヘリで脱出する」

「カメラはどこにあるんで？」

「あそこに間もなく消防艇がやって来る。それにカメラが積んであるんだ」

「そっか、まだ来ていないのか……だったら、まだ動くのはもったいないや」

そんな会話をしていると、三人の男が、トラックの脇を通り過ぎて行った。海岸通りでタクシーを拾っている。新横浜へ、という声が聞こえた。

ここがタイミングのような気がした。

ジャケットの襟についているピンマイクに向かっていた。

「オープンニングアクト、行きます」

「アクション・スタート」

ジョニーの声が返って来た。

藤倉はアクセルを踏み込んだ。大型トラックが、全速力で、埠頭を進む。後方の一台も付いてきた。

「一番端の倉庫に突っ込むぞ」

「あぁ、このトラックは通称カチコミ車輌だ。鉄板扉ぐらいなら、突き破る」

小口が得意げに言った。

民間防衛にやはり任俠《にんきよう》団体の協力は欠かせない。

右手一列に倉庫が並んでいた。最奥の倉庫が目に入って来る。その手前の倉庫の扉がいきなり開いた。二十人ほどの男たちが出て来た。いずれも一斗缶《いっとかん》を手にしている。

その一斗缶を水平に振り、中の液体をばら撒《ま》いた。白っぽい液体が路面に広がり、陽炎《かげろう》が上がり始めた。トラックの五十メートル先だ。

「なんだっ、あれはっ」

藤倉は叫んだ。急ブレーキを踏んだ。

「なんだって、ありゃあガソリンに決まっているでしょう。極道の戦争じゃ常套《じょうとう》手段だ。そのまま突っ込んだところにライターを放り投げて来る。先手とって爆発させてしまうのが一番だ」

小口は手榴弾のプルトップを引いた。引火させる気だ。実戦という意味では、この手の人間たちのほうが場数を踏んでいる。やはりテロ対策にはヤクザの動員だ。

「この手榴弾、腐ってないといいんっすけどね」

小口が助手席の窓を上げて、前方めがけて放り投げた。黒い染みの上に見事に落下する。

ドカンッ。火が舞い上がった。

「腐ってないっすね。パイナップルの賞味期限って意外とあるんすね……これベトナム戦争当時のらしいっすけど」

言いながら小口がもう一発投げた。

ふたたび爆発を起こした。十メートル四方の火焔《かえん》となった。

倉庫の中から悲鳴と怒声が上がり、鉄パイプを持った男たちがぞくぞく出て来る。いずれもヘルメットを被り、顔に手ぬぐいを巻いている。

「なんだありゃ、いまどき過激派かぁ」

小口が助手席の扉を足で蹴《け》り開いた。残った手榴弾をジャンパーのポケットにしまい、脇に立てていた真剣を取った。

「頭は、アクセル踏んで、火の中に突っ込んでください。爆発するかしないかは、時の運です。ヤクザはいつだって、丁半博打《ちょうはんばくち》で……」

ジョニーがこの連中に援軍を依頼した意味が、ようやくわかった気がする。

「うぉおおおおおお」

藤倉は気合を入れ、アクセルを踏みこんだ。消防士時代にも、こんな訓練は受けていない。しかもこのトラックは幌付きだった。

ほとんど目を瞑《つむ》って、燃え盛る炎の中に飛びこんだ。幌に火が移る。ヤクザたちは、そこで一斉に飛びおりた。

「おらぁ」

「クソガキどもが、ヤクザ、舐《な》めてんじゃねぇぞ」

炎の中から突如現れた、刺青《いれずみ》だらけの男たちに、ヘルメットの連中の腰が引けた。鉄パイプを振り回し始めたが、ヤクザたちは、金属バットやゴルフのドライバーで殴りたおしている。

火焔を抜けると目指す倉庫が見えた。玲奈の匂いが発せられていた倉庫だ。

藤倉は思い切りステアリングを右に切った。タイヤが軋《きし》む音がする。

幌が燃えたままのトラックが、横転する勢いで、鉄扉に激突していった。

「おおおおおおおっ」

鉄と鉄が激突する音がした。耳を劈《つんざ》くような音だ。白煙が上がる。トラックの先端が扉にめり込んだ。フロントガラスがひび割れる。後輪が空回りしてゴムの焼けこげる強烈な臭いがした。

「頭っ、バックしてもうひと突きだ。ぎりぎりまで下げて、ローギアで驀進《ばくしん》っ」

小口が脇で叫んでいる。この男をＦＩＡの防衛班にスカウトするべきだ。

藤倉は頷いて、一度バックさせた。背中は海だ。バックミラーで確認すると、ＦＩＡの消防艇がいるのがわかった。船体を横に向けて、水砲を三門、倉庫側に向けている。

玲奈を救出するまでは放水しないことになっている。

消防艇のデッキに映画用のカメラが据えられていた。

藤倉はトラックを下げられるだけ下げた。

わずかに開いた穴から、中の様子が見える。扉の奥にスチール製の机が堆《うずたか》く積まれていた。

「ロックアウトかよ。指揮しているのは、団塊《だんかい》世代だな」

藤倉は言いながら一度呼吸を整えた。突進する前の闘牛が土を蹴るような感じで、空ぶかしを二度ほどした。気合が入った。

「行くぞ」

「へいっ」

小口は鞘から真剣を抜き出していた。

アクセルを踏み込んだ。そこに着くまで踏み込んだ。後輪から白煙が上がる。約五メートルの位置から、鉄の扉に向かって飛びこんだ。

「おぉおおおっ、挿入っ」

すでに開いていた穴が広がった。藤倉はアクセルを踏み続けた。フロントガラスが蜘蛛《くも》の巣状になり、先が見えなくなった。轟音《ごうおん》はするがなかなか進まなかった。

「くそぉ、破れろっ、処女膜っ」

藤倉はむきになってアクセルを踏んだ。ペダルを離しては、叩くように踏む。

小口もこめかみに青筋を立てている。

「この扉、処女のまま、ババァになったって感じっすね。マジ、蜘蛛の巣だ」

「うぉおおお、ぶち破ってやる」

一度バックギアに入れて、巨体トラックを揺すり、再度ローギアに入れて踏み込んだ。ほとんど同時に小口が手榴弾を助手席の窓から真下に落とした。

「くそババァがぁ〜よぉ〜」

爆音がした。

鉄扉の下方が吹っ飛んだようだ。トラックが、いきなり前のめりに飛び出す。完全に、鉄扉を潜《くぐ》り抜けた。積み上げられたスチール製の机を破壊して、トラックは完全に倉庫の中へと滑り込んだ。

炎を纏《まと》ったままのトラックが突進してきたので、ロックアウトの向こう側にいた連中が、怒号を上げながらも、飛び退いているようだった。

三人ぐらいは轢《ひ》いたかもしれない。

助手席から、小口が飛び出した。ブルージーンズにダボシャツ。薄い生地を通して、風神雷神の刺青が見えた。狩野《かのう》派風の刺青。洒落ている。

「姐《あね》さん。姐さんはどこだぁ」

真剣を振りかざし、敵陣の真っただ中に切り込んで行った。

藤倉も続いた。ＦＩＡの正式防具である伸縮棒を持って小口の後に続いた。

ヘルメットの男たちが三人、いっせいに小口を取り囲み、上段に構えた鉄パイプを振り下ろそうとしている。

「くわっ」

呻《うめ》いたのは正面にいた男だった。首筋から鮮血が吹き上げている。その一撃に左右にいた男たちが、腰を引いた。小口に躊躇《ためら》いはなかった。右の男を肩から袈裟《けさ》懸《が》けに斬り、引き下ろした刃を裏返すと、すぐに向きを変え、左側の男の股間《こかん》を斬り上げていた。玉斬りだ。

ふたりの男は声も上げずに、その場に膝を突く。どちらも失禁し始めた。

藤倉も小口に追いつき、室内に視線を這わせた。

パーティションで仕切られた一角があった。

藤倉も叫んだ。

「姐さん、どこだっ」

「若頭っ、ここですっ」

アドリブを利かせた玲奈の声がした。

「おうっ」

藤倉が前進した。新たなヘルメット男が襲いかかって来る。鉄パイプで突いてきた。伸縮棒で払いのける。相手と目が合った。ヘルメットと手ぬぐいの間から覗く目を見やる。

男はどんより曇った目をしていた。意思のない目だ。

誰かにマインドコントロールされている。

操られているだけだから、戦闘能力が高いわけではない。藤倉は間合いを詰めた。恐怖感を得たヘルメット男は、泣きそうな目をしながら、突進してきた。

藤倉は伸縮棒を腰高で水平に振った。

「あうううう」

相手の腰骨《こしぼね》が砕ける音がした。

小口は真剣の試し斬りを楽しむように、ヘルメットの男たちを次々に血祭りにあげていた。あたりに血の匂いが充満してくる。

藤倉はパーティションの中に入り込んだ。玲奈はやっぱりパンツを穿《は》いていなかった。

「姐さん、ずいぶんとあられもない格好で……」

声をかけ、ジャケットのポケットから持参してきたパンティを渡した。

「白ですか……」

玲奈が顔を顰《しか》めた。色付きしか穿かないと、文句を垂れながら穿いていた。

「行くぞっ」

玲奈の手を引きパーティションを出たとたんに、銃声がした。弾が藤倉の頬の真横を掠《かす》めていた。

倉庫の端に白髪の老人がいた。ベージュのサマースーツを着ている。手に握っているのはトカレフだ。老人の顔はテレビで見た顔だ。横浜金融大学教授河原崎正。

藤倉は息を詰めた。

そのとき扉の外から、極道たちがなだれ込んで来た。

「小口の兄貴、隣にあるセメントの袋、全部火薬だぜっ。あれを神戸で揉《も》めている三団体に売ったら、ぼろ儲けだ」

血まみれの金属バットを持った巨軀《きょく》の男が言った。顔にもたっぷり返り血を浴びている。

「おうっ、そいつはいいや。ちょうどトラックのあることだし、運び出せ、あとで各組平等に分配する」

小口が答えた。小口も全身、血で染まっていた。

「やめろっ。彼女が、あなたたちの系統の人だとは知らなかった。こちらの勘違いだ。別な方法で手を打ちたい。だから火薬は持ち出さないでくれ」

河原崎は拳銃を持ったまま、蒼ざめた顔をしている。

小口が吠えた。

「そのチャカで俺たち全員を撃ってみろや。あぁっ、こら老いぼれっ。ヤクザが、はいそうですか、と言うとでも思ってんのか、このドアホがっ」

小口の言葉が終わらないうちに、巨軀の男の背後にいたヤクザが、拳銃をぶっ放した。スミス&ウエッソンの最新型二十二口径だ。河原崎の足元が火を噴いた。

「ひっ」

河原崎が飛び退き、すぐ脇の扉を開けた。扉の向こう側に海が見える。一瞬にして河原崎はそこから姿を消した。すぐにモーターボートのエンジン音がする。

藤倉は舌打ちをした。

「やられましたね」

玲奈が唇を嚙んだ。

「いや、オープニングアクトの台本には、河原崎確保はない。Bステージの本格ショーはこれからだ」

藤倉は玲奈の手を引き、倉庫の外に向かった。

目の前で突っ込んだトラックが、うなりを上げてバックしだした。運転席に小口が乗っている。

「頭っ。姐さんを救出したら、俺たちの役目は終わりっすよね」

「あぁ、協力に感謝する」

「ええ、隣の倉庫のブツは貰っていきます」

「了解。ボーナスだ」

次のテロ作戦のために使う予定の火薬を確保していたのだろう。ヤクザの抗争に使われるのはＦＩＡの管轄外だ。知ったことではない。

突堤に出ると、まだ、ヘルメットの男たちとヤクザの乱闘は続いていた。海上から笛の音がする。河原崎が、ヘルメットの男たちを笛のリズムで操っているようだった。

ヤクザの一部はせっせとセメント袋をもう一台のトラックに積んでいた。

藤倉は空を見上げた。とっぷりと暮れている。その墨色の空に、真っ赤なジェットヘリが現れた。サイドから縄梯子が降りて来る。

「ミニスカートであれを昇れと……」

玲奈が縄梯子を見上げて、眉を顰《ひそ》めた。

「見せ場だ」

「パワハラです」

「諜報機関はもともとブラック産業だろ」

「ですよね」

ぶつぶつ言いながら、先に玲奈がよじ登った。真下にいる特殊消防艇から、強力なライトの光が昇って来る。一直線に上がってきた光が、玲奈の股間に突き刺さった。下から昇っている藤倉が顔をあげると、股間に食い込む割れ目が見えた。

「熱いっ。おまんこ燃えちゃうでしょっ」

玲奈が怒鳴って、早々にヘリの中に飛びこんだ。

藤倉は風に揺られながら、埠頭の上を見た。

幌が残っているほうのトラックにはセメント袋が次々に運び込まれていた。海上に目を向けると、数隻のモーターボートが倉庫の背後に迫っていた。先頭艇に河原崎が乗っている。バズーカ砲を携えていた。

「小口っ、爆破されるぞっ、そのぐらいにして、早く脱出しろ」

大声で叫んだ。

「うぉーす」

小口が撤収《てっしゅう》っ、と叫んだ。幌が焼けてしまったトラックに刺青をした男たちが次々に飛び乗り、二台のトラックが、バックで急発進した。映像の逆回転を見るように、トラックが海岸通りへと戻っていく。

藤倉もジェットヘリの機内へと飛び乗った。縄梯子が一気に引き上げられていく。

直後。先頭のモーターボートの上で、河原崎がバズーカ砲を肩に担《かつ》ぐのが見えた。その砲口が火を噴いた。一筋の白煙が、火薬の置いてあった倉庫に向かっている。二台のトラックはほぼ海岸通りに出て、方向転換していた。

轟音が鳴り響き、倉庫が一瞬にしてオレンジ色に染まった。噴水のような火柱が上がった。石油が吹き上げているようにも見える。

爆風はジェットヘリにまで届き、大きく揺れた。

バズーカ弾は、二発、三発と放たれている。玲奈が監禁されていた倉庫も爆破された。辺り一面にいくつもの火柱が上がる。

消防艇が、一斉に水砲を放った。

「わぁ〜」

玲奈が歓声をあげた。放たれた水はさまざまな色をしている。山下方面側から、さらに三艇の消防艇がやってきて、背後からも放水を開始した。

いずれも、赤や黄色や緑色。

そのうえ、自艇から放水をライトアップしているので、まるでショーに見える。

山下公園のほうから歓声が上がるのが聞こえた。

モーターボートの一群が、Uターンをしてベイブリッジ方向に向かいだした。その先に大型クルーザーが、ゆっくり航行していた。

「あれが、ゴールドこと河原崎が乗る指令用のクルーザーだと思う」

玲奈がスカートの裾を引っぱりながら教えてくれた。

「計画はわかるか？」

「全部聞いた。明日、名古屋で現金を下ろすのもわかった」

「玲奈、クスリ打たれていたんじゃないのか？」

「私自体が、薬中だから、たいがいのもの打たれても、効かない」

「首都高爆破は？」

「七時半。上下車線から火薬を積んだバイク便の集団が来る。その上からドローンよ」

「わかった」

「ジョニーさん、ジョニーさん、聞こえますか」

藤倉はピンマイクに向かって叫んだ。

4

午後七時。

「Ａステージ。アクション」

祖父の声をイヤモニで聞いた。喜多川麻衣はレインボーブリッジの遊歩道に立っていた。たったいま、階下のＰＡから上がってきたところだった。

この時間帯に渋滞で動けなくなることを想定してブリッジにやって来ている車輛がいるはずだった。

それに合わせて、祖父も手を打っている。

他にふたりの仲間がいた。防衛部のパイロット唐沢正治と元重量挙げ選手の鬼木秀樹。

唐沢は両肩にリュックサックをふたつ提《さ》げている。

鬼木は軍手をはめていた。

お台場海浜公園から、花火が打ちあがっていた。その周囲にいる消防艇が放水している、花火と水のショーだった。

レインボーブリッジから見えるお台場海浜公園の方向に水上ステージがつくられていた。まだ始まっていないが、七時三十分から女性アイドル「ピンクダイヤモンズ」のショーは行われることになっている。

海上には見物客を乗せた屋形船や遊覧船が無数に浮かんでいる。

「あれだわね」

麻衣は一台の幌付きの大型トラックを指さした。まるで自衛隊の輸送車のようなカーキ色。ボディには会社名など何も書かれていない。

「間違いなく火薬積んでいますね」

鬼木が笑った。そうなのだ。あのトラックしか犯行車輛はないのだ。

トラックの進行方向は東京方面。つまりレインボーブリッジのお台場海浜公園側にいる。

「自爆するようにマインドコントロールかけるなんて、卑怯《ひきょう》にもほどがある」

「ドライバーは救出しましょう」

麻衣はふたりを伴って、トラックに近づいた。

背後からこっそり幌の隙間から中を覗いた。暗くてよくは見えなかったが、木箱が積み重ねられていた。目を細めて、その手前に視線を向けると、起爆装置と思えるボックスが置かれている。

そのとたん、運転席の扉が開く気配がした。

すぐにトラックのサイドに出ると、運転席から降りてきた男は、ブリッジの柵の上に立った。

「えっ」

近藤だった。麻衣の顔を見て、にやりと笑ったかと思うと、頭からいきなり飛び降りた。水泳選手のような鮮やかな飛び込み方だった。五秒ほどで、海面に飛沫《しぶき》が上がる。屋形船や遊覧船が航行しているとはいえ、暗い海面の変化に気付くものはいなかったようだ。泳いでいる近藤の姿も判然としなかった。

「横浜の先制攻撃を知って、みずからドライバーになったんだわ……ってことは……」

麻衣は叫んで運転席に向かって走った。開け放しになっている運転席の中を覗く。

「やっぱりっ」

シートの下にリモコンボックスが置かれていた。時限装置だ。デジタル時計がカウントダウンを始めている。

「残り六十秒」

近藤がぎりぎりまでトラックの位置を確保していたということだ。おそらく十五秒前に脱出を計ろうとしていたのだと思う。

「鬼木さん、なんとかなるかしら」

「ぎりぎりですね」

鬼木が渋滞にはまっているすべての車に向かって、声を張り上げ、右腕をぐるぐると回転させた。

全車輛から屈強な男が一斉に飛び出してくる。

祖父もまた、この時間に合わせて、レインボーブリッジの上下車線にびっしり埋まるほどの車輛を揃えていたのだ。時間のタイミングは大成功だったようだ。おかげで、一台だけ手配車と違うトラックがすぐにわかった。

「あのひとたち、みんな力持ちなんですよね」

「全員、母校の重量挙げ選手です」

手を回しながら鬼木が言った。

全員がトラックの横に並んだ。五十人ぐらいだ。

運転席で時限装置を見守る唐沢が叫んだ。そのままカウントダウンを始めた。

「あと三十秒」

「二十九……」

「おおおおおっ」

男たちがトラックの片側を持ち上げ始めた。麻衣は橋の下を通る船舶を監視する。ぶつけちゃまずい。

「ううううう、せーの」

トラックが大きく傾いた。側面が鉄柵に乗り上げる。四十五度ぐらいの傾きだ。

「十八……十七」

時間が足りないかもしれない。

鬼木が一際高い声を上げた。続いて一同が合唱した。

「せーのっ」

「せーのっ。こらしょっ」

グラリ。トラックの腹が完全に見えた。九十度だ。前方は鉄柵の上に乗っている。

「そのまま、押せっ」

鬼木が命じている。トラックの側面が、ギイギイと鉄柵に擦《こす》れる嫌な音がする。

麻衣は、下方を確認した。ちょうど一台の屋形船が有明《ありあけ》側に進行していた。橋の真下に舳先《へさき》を突っ込んだばかりだ。

「待って、待って」

トラックは止められた。唐沢はいまは腕時計を見つめながらカウントしていた。

「十、九、八……」

三秒間が死ぬほど長く感じられる。

屋形船の全長がすっぽり、橋の下に消えた。

「OKッ、落として」

「うぉおおおおおおおおおおおお」

男たちがトラックの腹を押した。力士がガブリ寄り切りを決めるときのように、腰を振って前進している。けたたましい金属音を立てて、トラックが海側にかしいでいく。

「五、四……」

麻衣は目を瞑った。

「うぉおおおおおおおおおっ〜」

男たちの声が途絶えた。目を開けた。

鉄柵を支点にしてひっくり返ったトラックが、腹を上にして、海側へと落ちていく。ゆっくり落ちていくように見えた。

「二、一……ゼロッ」

唐沢の声に合わせて、轟音が鳴り響いた。レインボーブリッジと海面のちょうど真ん中で、トラックは火を噴いた。空中で炎に包まれた車輛が四方八方に飛び散っていく。燃え滾《たぎ》る物体と化したトラックはそのまま海面に激突していった。

巨大な飛沫があがった。

数秒後、海面がふたたび跳《は》ねあがった。水中爆発。一本の火柱が上がる。トラックは完全燃焼したようだ。

あたりの屋形船や遊覧船から、拍手と口笛が聞こえた。

祖父の想い描いた通りの爆発ショーとなった。

麻衣はペンダントマイクに向かって叫んだ。

「Aステージ。ラストパフォーマンスに入りますっ」

「OK。ユー、そこから飛んじゃって」

とジョニーの声。

すかさず唐沢がリュックを差し出してきた。

「ほとんど、007ごっこになります」

「これ、ジェット噴射とか？」

「はい、その紐《ひも》を引くと、パラシュートも開きます。健闘祈ります」

リュックを背負った唐沢が先に鉄柵に立った。右手を空高く突き上げている。リュックのベルトについているボタンを押した。リュックの底から火が噴いた。唐沢の身体が星空に舞い上がる。

十メートルぐらい上空で、唐沢は体操選手のように身体を捻《ひね》り、水平飛行の体勢をとった。ジェットを再度噴射をさせた。右手は前に突き出したままだ。アイドルオタクたちの乗る遊覧船を探して、飛んでいく。

「007というより、ありゃスーパーマンだわ」

麻衣は鬼木に向かって言った。

「ですね。でも唐沢さん、元戦闘機のパイロットだけあって、いい飛びしていますね」

「何が基準かわからないけど。私は、右手を突き出さないで飛ぶ」

「お好きにどうぞ。ではぼくたちは、車輛の移動がありますので、ここで待機させていただきます」

「任務御苦労さまでした。では、ゆっくり、ファイアーバトルを楽しんでください」

麻衣も鉄柵に立った。ジェット噴射ボタンを押した。

「わっ」

思ったより強い衝撃だった。

自分が打ち上げ花火になったようだ。自然に右手が上がっていた。バンザイではどうもサマにならないことがわかった。

宙でどうにか、身体を水平にした。やはり右手を突き出す。

私は鉄腕アトムだ。

後部シートから玲奈の声。

「あそこっ。ドローンが五台飛んでいる」

「おぉおお」

ジェットヘリの操縦席の横にある機関席に座る藤倉も確認した。固定されている機関銃の銃口を上げた。

弾丸は込められていない。粘液弾だ。飛び出すのは玉状の粘着ゴム。ガムのようなものだ。これでドローンの羽根を狙う。

真っ黒なドローンは一機を先頭にV字形の編隊を組んでいた。

先頭のドローンに照準を合わせて、トリガーを引いた。

「発射っ」

ネバネバの液玉が猛スピードで飛んでいく。子供だましのようだが、威力はある。

命中した。三百メートル先でドローンが、いきなり蛇行した。後続していた四機が追突の連鎖を起こし、小爆発を起こした。ガソリンの引火《いんか》だ。

四方八方で花火が上がっているので誰も気が付かない。

下を走る首都高速横羽線を見やると、川崎側からと、山下公園側からとそれぞれ二十五台ぐらいのバイクが、ベイブリッジに向かって進行しているのが見えた。宅急便バイクだ、上下車線どちらのバイクも同じリュックを背負っていた。

「リュックの中が爆発物なの。衝撃で起爆する……」

玲奈が嘆息した。

クロスしたところで、ドローンからガソリンを撒く作戦だと聞かされたときには、吐き気を起こしたが、どうにか回避できそうだ。

バイクがこのまま、普通にクロスして、それぞれの方向に去っていくことを祈る。その行方はこの星空を共に飛行している友軍機が追跡してくれる予定だ。友軍機は十機いる。

「大学教授のクルーザーを発見」

双眼鏡を覗いていた玲奈が言った。白い小型のクルーザーだった。藤倉はパイロットにクルーザーめがけて降下することを命じた。

デッキでバズーカ砲を構えた河原崎が、ヘリを見上げていた。

「生け捕っても、何かと面倒だよな……取り調べで正直に答えるとは思えないし。裁判ってわけにもいかないよな」

「この場合、事故死でしょ」

「だよな。そのために俺たちの存在があるんだから」

クルーザーからバズーカ弾が放たれた。パイロットが右旋回をして躱《かわ》した。水中に落ちて水中爆発を起こしている。

「おっさん、消防ヘリを舐めやがって……弾の届かない高度で、あいつの真上にはいってくれ。友軍機も集合させてくれ」

パイロットに命じた。

「了解」

ふたたび旋回しながら上昇したヘリが、河原崎の立つクルーザーの真上にポジションを取った。星降る夜に、ぞくぞくと真っ赤なジェットヘリが集まってきた。その数、十機。

唐沢がAステージに行っているのが残念だ。

河原崎がバズーカを撃ってくる。高度を上げているので届かない。しばらくして弾切れを起こしているのがわかった。

「急降下っ」

先ほどの敵のドローンのようにV字編隊を組んで、河原崎のクルーザーに襲いかかっていく。

低空で真上に入った。

「各機、水射っ」

藤倉が命じると、ヘリの胴体下部が開いた。大量の水を積んでいる。ちなみに海水だ。

パイロットがボタン押すと、総勢三十の小穴から機関銃のように水が放たれた。山火事のときの要領だった。

クルーザーめがけてゲリラ雨のように、海水を放射していく。猛烈な水圧だ。デッキにいた河原崎がバズーカ砲を抱えたまま右往左往《うおうさおう》していた。

「風圧も加えて」

玲奈が命じた。河原崎に相当恨みを持っていると見える。何をされたかは聞くまい。

パイロットが返事をして、ヘリをさらに降下させる。回転する羽根の風力でクルーザーの周囲に高波がいくつも上がる。

十機がそれぞれ、クルーザーにマシンガン放水を浴びせ、そのまま低空飛行に切り替えた。平穏な横浜港内で、このクルーザーだけが暴風雨に曝《さら》されていることになった。

寄ってたかって、クルーザーをいたぶる。

クルーザーは横転を始めた。

デッキの上で河原崎がバズーカ砲を捨てて、ポケットからテレビのリモコンのような装置を出して、こちらに掲げて見せる。不気味に笑った。

「バイクを起爆させるつもりだ」

咄嗟《とっさ》にベイブリッジのほうを向くと、まもなく上下車線のクロスが始まるところだった。

「クルーザーは、もう沈む。全機ベイブリッジへ。オートバイをすべて、ブリッジから落下させよ」

ヘリが急旋回した。全速で移動する。

眼下の海を見下ろせば、クルーザーはクジラが寝返りを打つように横転するのが見えた。一度沈んでイルカのように飛び上がる。相当な火薬を積んでいたのだろう。大爆発を起こした。河原崎正の断末魔が聞こえた気がした。

ベイブリッジの中央で上下車線の先頭バイクが交差したとたんに、二台ともドカンッと火を噴いた。リュックが燃えているが、バイクは走行したままだ。まだ横転はしていない。

「水圧で、叩き落とす」

ヘリは五機ずつに分かれ、ベイブリッジの上空で顔を向き合わせる隊列となった。クロスするバイクをそれぞれ迎え撃つ陣形だった。そのまま高度を下げる。

背中から火柱を上げたバイクが目の前に迫ってきた。

藤倉は操縦席の脇で機関銃を握った。切り替えスイッチを〈粘液〉から〈水〉に切り替えてある。

「順次、バイクだけを狙え。アトラクションに見せるんだ」

各機の機銃席に命じた。

水と言っても子供の水鉄砲ではない。この水圧は車のフロントガラスを破壊するほどの威力を持っている。人間ひとりぐらい簡単に吹っ飛ばせる。

藤倉は山下公園側に向かうバイクの正面に回った。

背中のリュックから火焰を上げたバイクが突っ込んでくる。

「可哀想にカチカチ山の狸《たぬき》かよ……すぐに楽にしてやる。三発で仕留める見本を見せてやる。バイクをどれだけ、高く宙に浮き上がらせるかがコツだ」

狙い定めて、水銃を放った。まずはバイクの前輪の下側を狙った。タイヤとアスファルトとの接点ギリギリの隙間を狙う。

バイクが起き上がった。ウィリーだ。悲鳴を上げて前足を高く上げる荒馬のようだ。続いて、後輪の接点を狙う。

バイクが水圧に持ち上げられたように、宙に浮く。カチカチ山の狸が飛び跳ねた。

とどめは機銃をやや斜めにして、バイクのタンクを狙った。

バシッ。横面を引っ叩《ぱた》く感じの水圧をかけた。

宙にいたバイクはそのまま車線から削除されるごとく横浜港へと落下していった。山下公園にいる見物客には、ベイブリッジから火の玉が落ちているように見えるだろう。

藤倉はおなじ要領で、バイク五台を落下させ、後続を友軍機に譲った。

火焔を背負ったライダーは上下車線各二十五台であった。次々に水圧し、全車、海中に叩き込んだ。

その光景はベイブリッジから飛び散る火の玉ショーだった。消防艇が続々ベイブリッジの下に向かい、ゴムボートを投げ入れている。ライダーたちを救助する。

「教授もバイク便屋さんも、どちらも事故よね」

「そうに決まっている」

ジェットヘリは再び急上昇した。藤倉はピンマイクに向かって叫んだ。

「Bステージ。満爆」


麻衣は打ちあがる花火を同じ高さで見ながら、ジェット噴射を停止し、パラシュートの紐を引いた。

足がゆっくり下方に向き、下降していく。

近藤の乗る船がようやくわかった。

クルーザーでなく屋形船だった。

空から見下ろすと、この一隻だけが異質なのに気付いた。

屋形船は普通木造。

この屋形船は鋼鉄製だった。おかしい。しかもほかの屋形船はすべて障子窓が開けられ、見物客たちが、夜空に上がる花火に見惚《みと》れているのに、この船だけが、窓が締め切りになっていた。

パラシュートを開いた。黒のパラシュート。闇に溶け込んでいる。麻衣も全身黒ずくめ。

疑惑の屋形船の屋根に、ふわりと舞い降りた。忍者のようにすぐに伏せ、パラシュートを回収してリュックに詰めた。

気付いた人間もいるだろうが、イベントのスタッフと誤解してくれるだろう。

リュックに備え付けられていた特殊銃を二挺取り出した。どちらも子供用の水鉄砲。ただし詰められている液体は灯油と蛍光塗料だ。

銃を片手に、長方形の屋根を後方に向かった。屋根には棒状のアンテナが一本出ていた。

そのアンテナの周囲を蛍光塗料で囲った。ジェットヘリから見やすくする。

ストレス発散をかねて、落書もした。人間、溜まっているものを吐き出すとスッキリするというが本当だ。どうせ空からしか見えない。

そんなことをしていたらイヤモニに祖父の声が入った。

「ユーが降りた地点はＧＰＳで確認。唐沢君のＧＰＳも定着した。アイドルオタクを乗せた遊覧船は、水上ステージに向かって航行中」

お互いが降りた地点で祖父は、敵の位置を確認しているのだ。水上ステージはお台場海浜公園側にある。この屋形船は芝浦側にいた。

「こちらは、まだターゲットを確定出来ていません」

「では、いったん特殊消防艇はすべて、遊覧船の周囲を囲む。どうやら、バカなオタクたちは応援グッズとしてステンレス製のバズーカ砲を持たされているらしい」

コンサートなどでいつもアイドル側が使う、水蒸気や紙吹雪が飛び散るバズーカ砲だろう。普通はアイドルが客席に向ける。

「中身はたぶん、実弾ですね」

「だから、彼らがぶっ放す前に、放水して、火薬を湿らせちゃう」

祖父の戦い方は、とても原始的だ。火には水。単純明快だ。

そして、悪い奴は、燃やしちゃうか、水没させる。ＦＩＡが攻撃した場合の基本はこのふたつだ。

水上ステージではピンクダイヤモンズのショーが始まったようだ。麻衣も知っているヒット曲が聞こえてくる。花火も次々に打ちあがり、イベントはクライマックスを迎えようとしていた。

屋形船の後方へ出た。屋根から上半身を乗り出して、中の様子を覗く。後方の障子もピタリと締められていたが、上の明り取りの小窓から、わずかに中の様子が窺《うかが》えた。

テレビ局の副調整室と見まがう室内だった。障子の窓が開けられないわけだ。片面の窓側にはいくつもの小型液晶モニターが並んでいた。

レインボーブリッジ、お台場海浜公園、芝浦田中倉庫、水上ステージ、遊覧船の各パートが映っている。

中央の大型画面には、いま水上ステージで飛び跳ねるピンクダイヤモンズの姿が流されていた。

大型液晶モニターの前に胡坐《あぐら》をかいて座っているのが近藤だった。Tシャツにハーフパンツ。ラフな格好だった。

テレビ局員のようにインカムを付けている。

手元には画面切り替え用のスイッチ。

ここで近藤は、レインボーブリッジが爆発するのではなく、火だるまになったトラックが落下する様子を見ていたはずだ。苛立った顔をしていた。

横浜の失敗もすでに把握していることだろう。

近藤が画面を切り替えた。オタクたちが乗るアイドル船を映している。何かマイクに向かって喚《わめ》いている。

他には誰もいなかった。船の操縦士は真逆の位置にいるので、ここからは見通しが利かない。

麻衣は屋根から忍者のように、身体を丸めて飛び降りた。クルクルと二回転。猫になったような気分だ。船尾の甲板に着地した。

船尾の扉は引き戸になっていた。普通の屋形船なら、木製の障子戸だが、これはスチール製だった。たぶん防弾鉄板が入っている。

やはり引いてもびくともしなかった。

麻衣はここにも蛍光銃で落書きをした。これもストレス発散。エッチな言葉を書きなぐった。

開けられる窓か扉はないかと、近藤が背にしている側の窓を見た。一見障子窓に見えるがいずれもガラス製だった。曇りガラス。格子は木のように見せかけた鉄だ。

窓をひとつ割っても身体は入らない。

方法はひとつだ。麻衣はもう一度、屋根に上り、今度は舳先へと向かった。

案の定、操縦席だけは一枚ガラスになっていた。斜めに覗き込む。操縦士はひとりだけだ。人当たりのよさそうな中年。雇われただけの人間だろう。

操縦士専用の扉もあった。麻衣は扉側に降りた。身をかがめて、ノブを回す。あっさり開いた。操縦士がきょとんとした顔で、こちらを向いた。無辜《むこ》なる人間の表情だった。申しわけないっ。麻衣は操縦士の腹部を正拳突《せいけんづ》きした。

「うっ」

操縦士が絶入《ぜつじゅ》した。三分は寝てくれるだろう。

麻衣は操縦席の背後にある扉を少し開けて、室内の様子を探った。近藤は停船したことに気づいていない。マイクに向かって、叫んでいる。

「あと二十メートル接近したら、構えろ。大声援の意味を込めて、七人のアイドルめがけてぶっ放すんだ。そうだ、顔面シャワーをかけるつもりでぶっ放せ」

遊覧船は水上ステージにかなり接近している様子だった。

急いでこの船を破壊してしまうしかない。

麻衣は覚悟を決めた。軽く足首を回し、準備をした。

「Aステージ。コントロールタワーを発見。ターゲットは単独なので、破壊工作します」

ピンマイクに向かって叫んだ。

「健闘を祈る。ユーの位置は捕捉出来ているから。救出用に一隻」

「五分で仕留めます」

宣言すると同時に、
扉を開けた。


「近藤っ」

叫びながら、突入した。接近しながら、握っていた灯油銃の引き金を引く。近藤の顔、Tシャツ、ハーフパンツの股間に向けて、灯油を噴射しまくった。

「うっ」

近藤は頬に付着した液を指先で掬《すく》い、匂いを嗅いだ。すぐに灯油と気付いたようだ。

「くそっ。あんたやっぱり、工作員だった。さっきレインボーブリッジでの動きを見てようやくわかったよ」

近藤はやにわに、服を脱いだ。

麻衣はそれぞれの液晶画面に向けても噴射した。オイルライターを取り出し、火を点《つ》けて、モニター画面に放り投げた。鮮やかに火焔が上がる。

炎に包まれた大型モニターには、遊覧船内が大混乱している様子が映っていた。バズーカ砲を持ったオタクたちが、向かい側から放たれた強力な水に、次々になぎ倒されていた。

消防艇の放水が始まったのだ。水圧は戦艦が放つ砲弾並みの威力だ。

背後に唐沢の笑顔が映った。オタクから奪ったステンレス製のバズーカを担いで、操縦席に向かっている。遊覧船を乗っ取り、沖合に連れ出してしまえば、脅威は去る。

小型モニターもめらめらと燃えだした。中央のモニターに田中倉庫の別棟内の様子が映っていた。

ヤクザが十人ほど乗り込んでいた。東京は登坂興業系だ。ノースゼロが隠匿《いんとく》していた武器弾薬をせっせと運び出している。

これは神戸が凄いことになるだろう。知ったことではないが、マルボウには知らせておいたほうがよいのではないかと思う。

炎に包まれた船内で、近藤俊彦は、真っ裸になっていた。いつの間にか、トランクスまで脱いでいる。

「衣服を脱いだって、一緒よ」

麻衣は銃口を近藤の裸体に向けた。胸部に撃つ。続いて、陰毛と男根を狙った。勃起していた。赤銅色の肉茎が灯油に塗れて、グロテスクさを増していた。

「ユー、燃えちゃいなよ」

麻衣は二個目のオイルライターを取り出した。左手に掲げて、かちりとフリント・ホイールを擦る。ボッ、と火がついた。

次の瞬間。逃げると思っていた近藤が、ジャンプして飛びかかってきた。ハグされるように抱え込まれ、床に背中を打ち付けられた。

「おまえにも、灯油を移してやる」

真っ裸の近藤が抱き付いたまま、身体をこすり付けてくる。バストがどんどん押され、麻衣の黒Tシャツが灯油臭くなった。

勝ちを急ぎ過ぎたために、隙が出来ていたのだ。

近藤は格闘術に長《た》けていた。すぐさま腕をとられ、灯油銃を取り上げられる。

「あんたこそ、ここ燃えちゃうね」

「あっ」

ブラックジーンズの股間に銃口をあてられ、ブシュと撃ち込まれた。精子は何度も受けていたが、油は初体験だ。ブシュっ、ブシュっ、と何度も撃ち込まれた。硬いジーンズの生地を通して、液体が沁み込んでくる。最悪なのは、仕事に適しているということで、コットン系のパンティを穿いていたことだ。吸収力がありすぎる。女陰がじわじわと濡れてきた。微妙な濡れ方だ。

麻衣は思い切り、頭を起こして近藤に頭突《ずつ》きをかました。

「くわっ」

近藤がのけ反《ぞ》った。頭突きは近藤にとっても意外だったようだ。

船内は徐々に炎に包まれ始めていた。ガソリンに引火すれば爆発する。のけ反った近藤が体勢を整える前に、膝を曲げて、打ち上げた。

金玉アッパーカット。

「うわぁああ」

近藤が目を剝《む》いて、もんどりうった。玉袋が真っ赤に腫《は》れている。

麻衣は立ち上がった。操縦士は助けたい。爆発前に、共に海に飛びこむのだ。踵《きびす》を返して操縦席に向かった。

返した踵に液体がかかった。仰向けに倒れていた近藤が、灯油銃を放っていた。麻衣は前のめりに転倒した。

小型液晶テレビが一台、小爆発を起こした。ショートだ。火の粉が飛んできて、麻衣の

Tシャツとジーンズに引火した。

「うっ」

麻衣は慌《あわ》てて、脱いだ。上下共に脱いだ。ブラにもパンティにも灯油は沁み込んでいた。

自分も真裸になるしかなかった。

近藤に背中を向けて、ブラを外し、突起した乳首を眺めながら、パンティを足首から抜いた瞬間だった。

やおら、後ろから男根を挿入された。

「うわぁあああ」

灯油まみれの肉茎なので、あっさり入ってしまった。

「へっへっ。こうなったら、道連れだよ。日本の工作員をひとり潰すぐらいはしないと、俺、かっこ悪すぎるよ」

近藤は切れていた。挿入されたまま、さらに足払いを掛けられた。

「あふっ」

麻衣は床に突っ伏した。平泳ぎの体勢で挿し込まれていた。背後から羽交《はが》い締《じ》めされたままピストンされた。乳房も激しく揉みしだかれている。

こんなときなのに、感じてしまった。ずいぶんとしていなかったので、気持ちいいことはいい。

しかし……頭上では、ぱちぱちと火の粉が飛び散る音がしている。ガソリンに引火するのはもはや、時間の問題だった。

爆死を覚悟した。どうせなら、絶頂で死にたいものだ。近藤の肉の鰓《えら》が膣層の柔らかな襞《ひだ》を逆撫《さかな》でするように、引きあがっていく。

「あぁぁ」

屈辱感と敗北感に苛《さいな》まれても、口から洩《も》れるのは、喘《あえ》ぎ声だった。

膣の入り口まで引き上げられた雁首《かりくび》が、再び叩き込まれた。脳の陶酔神経が頂点に向かう。

「いいっ」

頭上でガラスが割れる音がした。液晶モニターや変電装置などの機材がいよいよ小爆発の連鎖を起こしていた。

それでも快感は快感だった。薄眼を開けて正面の操縦席を見やると、気絶していた操縦士が、腹を抱えながら起き上がっていた。こちらの状況を見たとたんに慄然《りつぜん》とした表情になった。操縦士は、蒼ざめた顔をしたまま、海に飛び込んだ。

激しく船が揺れた。船尾のほうが跳ね上がったようだ。いよいよこの屋形船は大爆発を起こすことだろう。

「はっ、うっ、出してぇっ」

近藤のピストンが速まった。恐怖と快感が肩を組んで押し寄せて来る。

「あぁあああああああ」

麻衣も昇った。

突風が吹いた。いきなり、液晶テレビの破片やら、火の粉やらが降ってきた。顔を上げると、屋形船の屋形の部分が吹っ飛んでいた。

爆風は下方から来ると思っていたが、天井が先に飛んでいた。ボッ、と辺りが火の壁になった。

熱い。肌に引火したのかもしれないと思った。

が、次の瞬間、さらなる異変が起こた。とてつもない水圧に身体が押された。

「わぁあああああ」

近藤ともども、怒濤《どとう》の水に吹き飛ばされた。

男と女がバックで繋がったまま、宙に浮き、そのまま台場の海に放り投げられた。

この瞬間、近藤の亀頭が、麻衣にとって前人未到の位置である膣の底の底まで、突き刺さってきた。

「くわぁ〜　いくぅ」

絶叫しながら海面に叩きつけられた。横目に屋形船が稲妻のような火を噴きながら、真っぷたつに割れるのを見た。おそるべし消防艇。

海中に沈んだ。灯油が剝離《はくり》していく。バックで挿入されたまま、潜水した麻衣は、口をきつく結んだ。身体を返して、対面座位の形を取った。

近藤が接合を解こうと腰をひいた。

麻衣はその右手で腰を引き寄せた。左手で金玉を握った。近藤が両手を広げて、麻衣の肩を押してきた。麻衣は膣孔も締め付けた。

近藤もきつく唇を結んでいた。開けたほうが負けだ。双方鼻から泡を出す。出すだけだ。

金玉をさらに、ぎゅうぎゅうと潰した。近藤の顔が苦痛に歪む。手をバタバタと動かし始めた。

麻衣は残っている体力のすべてを込めて、左手を握った。胡桃《くるみ》を割る勢いだった。

ぱかっと近藤の口が開いた。

猛烈な勢いでもがきだした。口からぶくぶくと泡が上がる。

次の瞬間、海水を飲み込んだ。暴れ出す。海面に向かって、急上昇しようと、足もバタつかせている。

逆に麻衣は金玉をさらに下方へと引いた。

尻を落とし、自分自身が重い錨《いかり》となった。どんどん海底へと引きずり込む。ぐいっ、ぐいっ、と引いた。膣の中で亀頭がビクンと撥《は》ねた。

近藤はしこたま海水を飲み込んだ。動かなくなった。麻衣も限界に達していた。水中を見渡すと、ようやく潜水士は三方からやって来た。ふたりが近藤の身柄を取った。ひとりが麻衣に酸素ボンベの吸い口を貸してくれた。思い切り吸い込む。

酸素を与えてくれた潜水士が、海面を指さした。麻衣は頷いた。

潜水士は三人で近藤の身体を曳航《えいこう》していく。おそらく誰の目にも触れることなく、始末されることだろう。最近は東京湾には埋めない。諜報界と極道界では、いやがらせに南シナ海に放流するのがトレンドだ。

海面に上がった。ゴムボートが浮かんでいた。バスタオルとタオル地のガウンが置かれている。それにインカムセット。

麻衣はゴムボートに乗り寝そべった。夜空にはまだ花火が上がっていた。

インカムを付ける。

祖父の声がした。

「あのね、ユー、船の屋根に蛍光ペイントで〈おまんこしたいっ〉とか書かないでくれる。それに扉にも〈只今、おまんこ中〉って」

そんなことにいちいち返事はしない。

「消防艇の人、おかげで、すぐにどの屋形船かわかったって言っていたけれど、本当にやっていたんで、驚いたそうだよ……頭に来たから、吹っ飛ばしてやったってね。ユー、最低だね……」

祖父が最低というときは、世間でいう最高ということだ。

「Aステージ。満爆。任務終了っ」

＊

七月十六日。午前八時。

麻衣は帝国ホテルのパークダイナーで、母北川洋子と朝食を摂《と》っていた。

「明日が楽日だわ」

母は現在、この近くの劇場に出演中だ。芝居の題名は『ファミリースパイ』。親子三代がスパイのコメディだという。

「パパが見に行くと言っていたわ」

「それね、また来れないって言うの……」

「それほど忙しい捜査課にいるとは思えないけどね」

「同僚の竹宮さんの息子さん、福岡県警の組対四課で、潜入捜査していたんだけど、めでたく、金塊密輸の一団を挙げたんですって。それで、竹宮さんと一緒にお祝いに行くんですって」

何も事情を知らない母は「まったくロビーに花ぐらい、出してよね」とぼやきながら、好物のポーチドエッグにナイフを入れ始めた。

麻衣は聞いた。

「マナー違反だけど、新聞見ていい」

「食べながらじゃなきゃ、いいわよ。新聞読んでいるときは、飲み物だけにして」

「はい」

拡げた新聞の一面には【北朝鮮また、ミサイル発射。太平洋上に着弾。トランプ応戦の構え】とあった。

真ん中のページをすべて飛ばして、最終ページを拡げた。社会面だ。

さまざまな見出しが躍っていた。

【旅行会社クルミン倒産。旅行先ホテルで宿泊拒否をされる被害者続出】

【マニラで、つなぎ融資の女王、杉本淳子が逮捕。出資法違反の疑い。逃亡先のマニラのホテルで予約金未納で宿泊拒否にあい、口論になっていたところを現地警察に連行され、逃亡が発覚する】

【名古屋で現金奪われる。水野銀行栄支店で一億円を引き出したＮＰＯ法人の男性が、何者かに現金入りのバッグを強奪された。暴力団がらみの事件とみて、愛知県警が捜査中】

すべてが七月十五日の出来事だった。

麻衣は新聞をとじて、スクランブルエッグにフォークを伸ばした。

「パパの代わりに、私が見に行くわ……」

「いいのよ、無理に来なくても……名前は隠しているけど、実はジャニーの台本だからつまらないわ。炎とか噴水とか舞台装置ばかりが派手で……出演者がかすむのよね」

「いや、それは面白そうだわ……絶対行く」

本作品はフィクションであり、実在の個人・
団体などとは一切関係がありません。
総務省消防庁に諜報機関は存在しません。

切り取り線

一〇〇字書評

淫奪

購買動機（新聞、雑誌名を記入するか、あるいは○をつけてください）	
□（　　　　　　　　　　）の広告を見て	
□（　　　　　　　　　　）の書評を見て	
□ 知人のすすめで	□ タイトルに惹かれて
□ カバーが良かったから	□ 内容が面白そうだから
□ 好きな作家だから	□ 好きな分野の本だから

・最近、最も感銘を受けた作品名をお書き下さい

・あなたのお好きな作家名をお書き下さい

・その他、ご要望がありましたらお書き下さい

住所	〒				
氏名		職業		年齢	
Eメール	※携帯には配信できません		新刊情報等のメール配信を 希望する・しない		

この本の感想を、編集部までお寄せいただけたらありがたく存じます。今後の企画の参考にさせていただきます。Eメールでも結構です。

いただいた「一〇〇字書評」は、新聞・雑誌等に紹介させていただくことがあります。その場合はお礼として特製図書カードを差し上げます。

前ページの原稿用紙に書評をお書きの上、切り取り、左記までお送り下さい。宛先の住所は不要です。

なお、ご記入いただいたお名前、ご住所等は、書評紹介の事前了解、謝礼のお届けのためだけに利用し、そのほかの目的のために利用することはありません。

〒一〇一－八七〇一
祥伝社文庫編集長　坂口芳和
電話　〇三（三二六五）二〇八〇

祥伝社ホームページの「ブックレビュー」からも、書き込めます。
http://www.shodensha.co.jp/bookreview/

祥伝社文庫

淫奪《いんだつ》　美脚《びきゃく》 諜報員《ちょうほういん》 喜多川麻衣《きたがわまい》

平成29年 7月20日　初版第1刷発行

著　者　沢里裕二《さわさとゆうじ》

発行者　辻　浩明

発行所　祥伝社《しょうでんしゃ》

東京都千代田区神田神保町 3-3

〒101-8701

電話　03（3265）2081（販売部）

電話　03（3265）2080（編集部）

電話　03（3265）3622（業務部）

http://www.shodensha.co.jp/

印刷所　堀内印刷

製本所　ナショナル製本

カバーフォーマットデザイン　芥 陽子

Printed in Japan ©2017, Yuji Sawasato　ISBN978-4-396-34334-7 C0193

祥伝社文庫の好評既刊

沢里裕二
淫爆《いんばく》　FIA諜報員　藤倉克己
爆弾テロから東京を守れ。薄毛だけど男気熱い江戸っ子諜報員が、秘密兵器を駆使する謎のロシア美女と対決！

安達　瑶
禁断の報酬　悪漢刑事
ヤクザとの癒着は必要悪であると嘯《うそぶ》く佐脇。マスコミの悪質警官追放キャンペーンの矢面に立たされて……。

安達　瑶
美女消失　悪漢刑事
美しすぎる漁師・律子《りつこ》を偶然救った佐脇。しかし彼女は事故で行方不明に。背後に何が？　そして律子はどこに？

安達　瑶
消された過去　悪漢刑事
過去に接点が？　人気絶頂の若きカリスマ代議士・細島《ほそじま》vs佐脇の、仁義なき戦いが始まった！

安達　瑶
隠蔽《いんぺい》の代償　悪漢刑事
地元大企業の元社長秘書室長が殺された。暴かれる偽装工作、恫喝、責任転嫁……。小賢しい悪に鉄槌を！

安達　瑶
黒い天使　悪漢刑事
病院で連続殺人事件!?　その裏に潜む闇とは……。医療の盲点に巣食う〝悪〟を〝悪漢刑事〟が暴く！